ナナシの器用貧乏

Nameless Dexterity

1

著者 高球《Highball》 イラスト KeG

Contents

【第一章】覚醒

その日俺は、ある記念すべき偉大な新記録を飾り、夕日に包まれた街で一人しこたま飲んでいた。

「ふぃー。あっはっは！　マジ達成しちゃうとは、自分で自分が恐ろしいわ」

らしくもなく泥酔し、千鳥足であてもなく人混みをすり抜けていく。

「ぷっくくく……通算っ、１００職種解雇！」

俺は昔からそうだ。

飽きっぽいわけではないのに、不思議と一つのことに集中させてもらえない。

居もしない神様相手に被害者ぶるつもりはないが、どういう巡り合わせか、ある一定ライン一つの物事を続けると、説明のつかない采配で別の新しい物事に挑戦させられてしまう。

つい数時間前までいた職場も例に漏れず、１００時間など優に超える時間外労働で酷使され、正社員でないという理由で風当たりも強く、複数の雑務を押し付けられ、器用貧乏《きようびんぼう》と言われた。

挙句、記念すべき１００職種解雇の時に言われた言葉は――。

『お前は何者にもなれない』

「あっはっはっは！　まさか、このタイミングで！　また同じ言葉をもらうとはな！」

有り体《てい》に言って、運命のいたずらと言っていい。

「あー、涙も出ないわ。笑ってみたけどつまんね」

物心つく頃からこんなことが十何年も続くものだから、俺は何かに執着することや、誰でも持っているようなこだわりだとか、そういうモノを感じなくなってしまった。

いや、そういう感情を自ら閉じたんだ。

どうせ長く続けられない、離れていく、大事にしたって失っていく。


「……生きてんのか死んでんのかも、わからねぇな」


生への執着も、自ら絶とうとしていた。

どうせ失われるなら、消えるなら、それがいつ起きたってなにも不思議じゃない。だったら自分で選ぶ。

「……」

力ない死者のような足取りで、車が行きかう交差点にふらふらと近づく。

(……いや。ダメだろ。俺の狂った自虐に、知らない他人を巻き込むなよ)

どうやら道徳への執着はあったらしい、と、一人吐き捨てるように笑う。

(誰にも迷惑かけないように、しないと……俺が消えるだけなら、悲しませる人はもうこの世界には

居ないんだから）

泥のような思考を練りつつ、あてもなく視線をさまよわせる。

青く点灯した信号、脇道に見える、手をつなぐシルエットの標識。

それらをぼんやり眺めながら、ふらついた足取りで一歩を踏み出そうとすると、標識のピクトグラムと同じ形をした人影が、俺を追い越し横断歩道を渡っていく。

（親子……）

別に思うところはない。仲睦まじく手をつなぎ、話しながら歩いている母と娘。

おかしなところがあるとすれば、アスファルトを切りつけながら、歩行者の聖域に向かってくる挙動のおかしな車だ。

「――っ！」

周囲が異変にざわつき、侵入してくる危険を察知して歩道へと身を引く中、俺は飛び出していた。

「……えっ？」

お決まりのクラクションも鳴らさず、吸い込まれるように親子へ突っ込んでいく車。

飛び込むようにその背中めがけて手を突き出したその瞬間、俺が考えていたことは。

（今！　ここで誰かが死ぬしかないなら！　俺だ！　俺を殺せ！）

ライトに照らされ目がくらんだ一瞬、確かに俺の手の平が、何かを強く突き飛ばした手応え。

《――――全現存生命体に通達。現世《げんせ》システムの改変を行います》

頭に響く妙な声を聞きながら、真っ赤な夕日よりも赤い血を散らしながら。

一瞬でも、誰かを助けたい。

そんな、燃えるような執着を持てたことが死ぬほど嬉しくなり。

その比喩も、例え話じゃなくなるだろうなと。

前後の記憶が曖昧なまま、いつの間にか俺は、アスファルトの上で自分が流す血におぼれていた。


《肉体・思考・記憶の読み込み、それらの情報からステータスの構築。ユニークスキルの適合配布を行います》

（うる、さいな。こういう時は…救急、車だろ）

全ての感覚が薄れていく中、慌ただしく混乱している周囲の声は。

「救急車」「大丈夫」「助けてくれた」「車のナンバー」「妙な声」「自分だけじゃない」と、断片的な雰囲気でしか把握できないのに、頭に響く妙な声だけは鮮明に響いてくる。

（まぁ。いい、や……どうでも……望んだ結果、だ）

くぐもった周囲の声から、何とかあの親子が無事なのを確認できた。

やり遂げた感覚が湧いてくる。

（母さん……父さん……おれ、最後に、誰、かの幸、せ……まも……）

《あなたのあるべき姿を強く念じてください。それを手繰《たぐ》り、適性を確認します》

（あぁ……それ、と――）

懐かしく温かい両親との思い出を皮切りに、俺の記憶は遡る。

走馬灯というやつは、それと自覚しながらも見られるものらしい。

ものすごい情報量の記憶が渦巻くパラパラ漫画みたいな感覚。

そして、意識のはるか遠くに見える光。

思い出か、あの世の入り口か。そこに何があるのかわからないが。

無意識に、動かないはずの手を伸ばそうとすると――。

《感知。適合……個体が発する思念パターンに該当するユニークスキルは存在しませんでした》

《……再検出失敗。システムの名において、新たなユニークスキルを創造……》

《——成功。ユニークスキル【全能顕現《インストーラー》】が授けられます》

光を掴んだ——気がした。

◇◇◇

不思議なものだ。

「……」

今、俺は目を閉じているのだろう。

けど、意識が『戻った』という自覚のようなものがある。

俺は、死んだのか？　少々億劫だが、確かめるすべは、この重たい瞼を開けるしかないらしい。

「……ぅ」

ぼやけた視界に、僅《わず》かに動く白い影。鼻につく薬品の香り。

どうやらここは——。

「——病、院……生きている、のか……？」

俺のかすれた声に反応したのか。白い影、看護服に身を包んだ女性がこちらを振り返る。

「っ！　落ち着いて、横になっていてください！　担当医をお呼びします！」

そう言って慌ただしく退室する背中を見送ると、俺は生き永らえたのだと理解した。意識が途切れる直前の記憶は曖昧だが、車に派手に撥《は》ねられたのは覚えている。

が、その割には痛むところがない。何日こうしていたかは知らないが、体が凝り固まったのを感じるくらいだ。

「……死のうとすることさえ、途中でやめさせられるのか」

どうしろというのだ。逃げることも許されないっていうのか？

「――失礼します。担当医の中川《なかがわ》と申します」

暗い思考に浸っていると、控えめなノックと共に、中川と名乗る医者が顔を出す。

失礼。と、軽く断りを入れ、俺の体を触診し始めた。

「……体の方の経過は、よろしいようですね」

その後、瞳孔と心音を診《み》た後。

「いくつか、質問をさせていただきます。お身体がつらくなったらすぐ言ってください」

「……はい」

あなたの性別は？　国籍は？　年齢は？　生年月日は？　血液型は？　家族構成は？　このペンの使い方は？　etc.《エトセトラ》……

要は記憶障害の診察だ。

「では、あなたのお名前は？」

残念ながら、体も記憶もすこぶる調子がいいんだ。いい加減、答えるのもうんざりしてくる。

「俺の名前は――」


――……は？


「名前…？　自分の、俺？　の、名前？」

「どうなさいました？　お名前を教えてください」

「……っ」

いつの間にか口の中はすっかりカラカラだ。

知っていて当たり前の自分の名を言葉にしようとするも、パクパクと口が開くだけ。

「なるほど……ご自身の名前だけ、記憶にない、と」

目の前の医者はどこか、得心がいく、といった様子で唸《うな》った。

俺は縋る思いで、なまりきった体を起こし問い詰める。

「せ、先生！　俺、名前が……今までの自分を全部ちゃんと覚えているのに、両親のこともちゃんと覚えているのに、名前だけが、俺のっ……！」

自分でもなにをそんなに取り乱すことがあるんだと思う。

生への執着を絶つと言って、死のうとすら思っていた人間が。

今更名前を思い出せないのが何だというのか。

物事に執着する感情を自ら閉ざした、などと自虐気味にのたまった人間が、今。名前ひとつにこれだけ執着している。

「落ち着いて、と言っても無理でしょうね……ですが、あなたはこれから受け入れていかなければならないことが、山ほどある。今から話すことを、気をしっかり持って聞いてください」

「な、なにを……何を聞くって……」

「これは、あなたの所持品ですね？」

目の前に差し出されたのは、俺が愛用している革製のカードケースだった。

「は、はい。免許証とか資格証、とか入っているはずですが……」

「確かに。かなりの数が入っています。そこにも驚きましたが」

医者……中川先生は、断りもなく無造作に中の証明書を一枚抜き取ると、目の前に広げて見せ。

「ないんですよ。ここにあるはずのものが、この中の全てに」

「？　なんの、話をして……？」

「名前だけが全て消えてしまっているんです」

いまいち驚いていいのか、どう反応していいのか。

確かに言う通り、名前の部分がごっそりない。けど——。

「えっと……ただのいたずら、としか」

「これだけではありません。あなたはこの病院に通院歴があります。診察券を照会し判明しました。ですが、病院内のデータベースにあるあなたの情報は全て、名前が消えています」

「……」

「あなたが事故に遭った経緯で、警察の方も身元を割り出しました。住居の登録情報、戸籍、携帯電話の契約情報。あらゆる個人情報から、名前だけが全て消えていました」

驚きを通り越して絶句してしまった。そんなことがあり得るのか？

世界から俺の名前が消えたから、俺の記憶からも自分の名前が消えたのか？

俺の記憶から自分の名前が消えたから、世界から自分の名前が消えたのか？

訳がわからない。

訳がわからないが、そうなってしまったということが確定したのなら、もうさっきまで抱えていた不安は俺の中から消えていた。

それどころか、何か。なにか漠然とした……そう。

光明のようなモノに触れたような気がした。

「原因は、わかりません。医師として専門外の事態です。が、このような不可解な事象が起きうる、ということだけは言えます」

「先生はこの怪談みたいな状況が、そんなに珍しいことでもない、と？」

「えぇ。世界は一変しましたからね」

……この人は何を言っているのだろうか。

もしかして、そういうちょっとアレな患者さんが通院する病院なのか？

診る側の医者もそんなでどうするよ……あ、でもさっき俺の通院歴が有るって言っていたし、ここは多分、俺が住んでいた家から一番近いあの病院なのだろう。

そんな診療科はなかったな。

「えーっと、それってどういう……？」

「こちらが本題、と言っていいでしょうね。あなたが事故に遭ったその日から、意識を失っていた約半年間。世界で何が起こったのか」

「は、半年⁉　俺はそんな長い間……⁉」

「ええ。そして私の言う世界の変化、最たるものが、これ――ステータス」

中川先生が何事か、横文字らしき言葉を発すると、彼の目の前に液晶の画面だけを切り取ったような、半透明の板が浮かび上がった。

「え？　なん、ですか？　その、タブレットみたいな……ステー、タス？」

その瞬間、俺の目の前にもどこからともなく同じものが展開され。

そこには画面いっぱいに、身に覚えのある四文字熟語が記されていた。

【器用貧乏《きようびんぼう》】

「……は？」

目の前に現れた半透明な板を、呆《ほう》けたように凝視する。

「ユニークスキル……【器用貧乏】？」

なん、だこれ？　何でいきなりこんな板っぱちに煽られてんの？

ていうか何とか読めるけど、ところどころ書体がグニャっているし、全体的に砂嵐直前みたいに表示が不安定なんだけど。

そう言えば、目の前の医者の前にも同じものが出てきてたよな？

「……先生。この文章、先生が……？」

不機嫌さを隠そうともせずに、中川先生をにらみつけると。

「違う違う違う。落ち着きなさい。そのステータス画面の裏側からじゃ、何が書かれているかも見えないし」

じゃあ何だというんだこれは。

「まぁ、無理もない。初めてこれを見た人は、大体そんな反応になるだろうしね。もう半年ほども前のことだからよく覚えていないが、私もそうだったろう」

「……すみません。話、聞かせてもらってもいいですか?」

静かにうなずくと、先生はゆっくりと丁寧に語りだしてくれた。


俺が車に撥ねられたあの日、世界中の人間が頭の中に響く声を聞いたと。

その直後、全人類に『ステータス』と呼ばれる個人の能力を可視化、数値化したものが出現し、『レベル』という段階の増減でステータスも増減すること。

殆《ほとん》どの人間が、以前より身に覚えのある経験などが『職業《ジョブ》』や、特殊な能力、『スキル』として覚醒したこと。

異形《いぎょう》の生物が、世界各地で目撃され始めたこと。その発生源、住処などが謎に包まれていること。

そして、そいつらが人を襲う事例が多発。

さらに、ステータスを獲得した人間同士でも争いが起きることは珍しくなく、それ《そ》ら《れ》を統治するための法整備や、対抗するための組織づくりが急ピッチで行われていること。


「――程度の差はあるけれど、皆いきなり超常的な力を手にしてしまったからね。大いに混乱したし、よからぬことに力を使う者も少なくない。そんな状況が半年経った今も、続いている」

「……なんとも、信じがたい話、ですね……」

だってそうだろ?

いい歳した医者のおっさんから真面目な顔で面と向かって、ステータスだのレベル、ジョブ、スキル、果ては異形の生物ときたもんだ。
あらゆる物事に深く関われない俺でも知っている。まるでゲームやマンガの話だ。

「どのみち、外に出ればいやでも体験することでしょうが……論より証拠。私の手を見ていてください」

そう言うと、手の平の上に、ソフトボール大の火の玉を生み出して見せた。

「……マジ、か」

あまり室内で使うと火災報知機が鳴ってしまうので、と、火の玉はフッと消された。

「こんな風に、あの日を境に、人類は超常の力を身につけた。ということです」

種も仕掛けも、ないように見えた。炎としての熱も、しっかり感じた。

さすがに、受け入れるしかないな、この目で見たら。

「……でも、病院はちゃんと機能しているみたいだし、世界はそこまでめちゃくちゃにはなってないんですね？」

いきなりこんな超常の力が降って湧いたら、それを使って悪事に手を染めるものはごまんといるだろう。

もっとこう……文明が崩壊してもおかしくないんじゃないのか？

「皮肉にも、ある種の抑止力があってね。さっきも話した異形の生物。なぜか、スキルをはじめとした力を多く使う場所に集まってくるんだよ」

「……じゃあ、さっき先生が火の玉出したのもまずいんじゃ……」

「あの程度なら問題ないんですよ。もっと、それこそ人の命を奪うような脅威に引き寄せられるようで、先ほどの炎程度なら、ステータスに目覚めた人類にとって軽くやけどするくらいです」

だから、迂闊《うかつ》にそういった力を使った大規模な悪さができないってことか。

異形の生物とやらが集まってしまうから。

「なる、ほど……ありがとうございます。確かに、こんな訳のわからない世界じゃ、名前が無くなったところで不思議ではないかも、しれませんね」

「今、話した内容は今の世界の常識です。まだまだ謎ばかりな歪《いびつ》な世界ですが、こんな世界になった今でも、それなりに社会は回っています。あとは、ご自身の目で確かめてみてください」

「……俺はもう、退院しても大丈夫なんですか？」

「はい。それを伝えに来たというのもあります。ステータスの恩恵がなければ危険なところでしたが、既に完治しています」


ステータス。

死に場所を探していた、事故直前の俺が聞いていたら余計なことを。と、思ったことだろう。

けど今なら少し感謝できる。一変したということこの世界がどうなっているのか。確かめたいという好奇心が湧いてきている。


「――もうすこし、振り回されてもいいかもな」

今は、どうして自分の名前が消えてしまったのか、なんて原因は置いておく。

『お前は何者にもなれない』

名を失った俺は、その言葉通り何者でもなくなってしまったのか？

（知りたい……）

もし何者でもないとしたら、一体俺はこの先、何者かに成り得るのか。

名を失った喪失感よりも、どこか解放された清々《すがすが》しい気持ち。とめどなく溢れてくる執着と好奇心。

物事のたらい回しに遭い、虚無に、眼前の義務をこなしてきた以前には抱いたことがない、感情の昂《たかぶ》り。

退室していく先生に目もくれず、目の前のステータス画面を見ながら、久しぶりに目標のようなモノができたことに、内心歓喜していた。

「さしあたってまずは……」

画面上に指を滑らせる。不思議と操作方法が頭の中に流れてくる。

「ステータス。こいつの理解を深めないとな」

名：――――。
レベル：1
種族：人間
性別：男
職業《ジョブ》：無職
攻撃力：10
防御力：12
素早さ：8
知力：8
精神力：9
器用：■■■■■■■■■■
運：5

状態：運動不足
称号：無し
所有スキル：無し
ユニークスキル：《器用貧乏《きようびんぼう》》

◇◇◇

「はぁっ！　はぁっ！　――くそっ！」

曲がりくねる薄暗い路地を、ゴミ箱やらなにやらひっくり返しながら、全力で走り抜ける。

前に、職場の奴にそそのかされて、少しの間通ったパルクール教室を思い出す。

スジが良いってんで、パルクール協会なるものの会員に、無理やり認定されたっけ。臨時で、インストラクターとして呼ばれたりもしたな――。

「なんでっ……」

だけど、今は。この疾走は、一般化されたアクティビティなんかじゃ、ない――。

「こんなことに……！」

迂闊だった。

この一変した世界をよく理解するまでは、リスクは避けると心掛けていたつもりだったのに。

「ちくしょうっ、ちくしょう！」


また俺は途中で終わっちまうのか？

《【k…b…】――う件をみ――ま―た。基本職業《ノーマルクラス》：【逃亡者《とうぼうしゃ》】を獲得》
《平面走行《へいめんそうこう》　LV.1　獲得》
《立体走行《りったいそうこう》　LV.1　獲得》
《走破製図《そうはせいず》　LV.1　獲得》

「はぁっ！　うるっせえ！　逃亡者とか、煽ってきやがって！　仕様が全然さっぱりなんだよ！」

「ゲキャキャキャキャッ！！」

「!?」

頭に響く耳障りな声に、逃亡者と煽られ悪態をついていると。目の前の曲がり角から複数の奇声が聞こえてくる。

「回り、込まれた!?」

それ以上進むのを本能が拒み立ち止まってしまう、が。

「後ろからも……！」

誘い込まれたか、運が悪いのか。どうやら袋のネズミらしい。

「はーーっ！　はーーっ！　……っ！」

生まれて初めて感じる、明確な死の恐怖。足は震え、手も上がらない。

どうしてこんなことに……。

◇◇◇

時は少し遡る。

名前が自分の記憶からだけでなく、この世から消滅してしまったので多少、記名の部分でトラブルはあったが。

「～～～～っ！　大安吉日、快晴。いい退院日和《ひよ》りだ」

どうにか退院手続きを済ませると、病院の外に出てシャバの空気を肺いっぱいに吸い込む。

事故直前の俺では考えられないくらい、素晴らしく清々しい気持ちだった。

撥ねられた衝撃で、自分でも人格が変わってしまったのではないかと思うほどだ。

思いっきり全身を伸ばし、背骨をバキバキいわせていると。

病院のエントランスから、お世話になった中川先生が俺の後を追いかけてきた。

「ああ、よかった。まだ近くにいたんですね」

「先生。お世話になりました」

見送りにでも来てくれたんだろうか？

「いえいえ。と、実は伝え忘れていまして。警察の方から、一度、名前が消えてしまった事情を聞きたいそうで、退院したら真っ先に警察署を訪ねてもらってもいいですか？」

「……わかりました。早速行ってみます」

「そうしてもらえると助かります。では、お大事に」


今度こそ病院から出ると、まず俺はファストフード店で飯を食っていた。

ステータスの恩恵か、長らく意識を失っていたにもかかわらず、特別な検査もなく、経過観察の入院も必要ないくらい体は好調だ。

が。一食だけ食べた病院食では腹は膨れなかった。

ちなみに、財布は事故後、俺のポケットに入っていたものを病院が保管してくれていた。

自棄《やけ》になってかなりの額を下ろした状態で徘徊していたから、中身はウン十万の額が入っている。

「すきっ腹にジャンクフードが染みるな」

久しぶりの塩分と糖分と油分で胃袋をねぎらってやった。

一心地が付いたので、店を出て腹ごなしの散歩がてら、少しこれからのことを考えてみる。

「……気が進まないなぁ」

今しがた中川先生に、警察署を訪ねるように言われた件だ。

名前が消えた事情なんて、そんなの俺が知るわけもないし。

(先生には悪いけど、今のところそれはスルーだな)

世話になった人の頼みを反故《ほご》にするのは気が引けるが、どうしても今の俺に必要なこととは思えない。

間違ってなんかの嫌疑がかけられて、身柄を拘束なんてこともあるかもしれないし。

既にステータスをはじめとする、超常が浸透し始めたこの世界の常識を全く知らない。

だから、何かを他人にゆだねるリスクは、犯せない。何より――。

「せっかく、見つかりそうなんだ。命を懸けてもいいほどの、執着先」

確かな予感が、ある。

この変わってしまったらしい世界なら、俺はそれを見つけられる。

「――うん。やっぱりまずは、情報収集だ」

この店に来るまで、周りをよく観察してみたが。一見、街中は以前と何も変わらないように見える。

多数の警官や、目つきの鋭い明らかにカタギじゃなさそうなやつらを多く見かけたくらいだ。

「まず、ステータスについての情報が知りたいよな……」

ちなみにだが。

『ステータス』って言葉だけで勝手に画面が出てくる仕様ではないらしい。こっちに出す気がないなら出てこない。

いわばまさに個人情報だからな、人目には気を付けよう。

「んー……市役所、とかか？」

病院で先生に聞いたところによると、どうにもステータスをはじめとした超常の力に関する情報というのは、法的にデリケートらしい。

専門外の人間が、それらの取り扱いの情報などを、公然とやり取りするのはかなり黒に近いグレーゾーン、とのこと。

どこに人の目があるかわからないあの病院では、中川先生に聞いた以上の情報は得られなかった。

この一連の話から考えるに、専門家が居るような口ぶりだったが、警察関係の機関だろうか。

「……なるほど。だから警察へ出向けってことか」

中川先生が見せてくれた火の玉のような、他者を容易に傷つけることのできる超常の力。俺自身のことがどこまで認知されているかは知らないが。周りから見れば今の俺は、半年前の全人類のようにその力の危険性を全く知らない……危険人物。そう思われてもおかしくはないだろう。

「尚更警察署には行く気が起きないな……」

多分、高い確率で行動が制限されてしまうだろう。

ほかに市民の味方をしてくれそうなのは、役所ぐらいしかなさそうだけど……。

「……いや、結局ダメそうだな。面倒なことにしかならなさそうな気がする」

なにせ名前が消えてしまったんだ。

住んでいたアパートもどうなってるかわからないし、住所不定、無職、名無し。こんな怪しさの三拍子そろった人間が役所で偽名でも使ってみろ。

それこそ警察沙汰《ざた》だ。

「……面倒ごとは勘弁だな」

街中のショーウインドウの前で立ち止まり、そこに映る自分の姿をまじまじと見る。

病院の売店で購入した無地の白いTシャツに、黒のスウェット。別に怪しまれるような格好でもないが、怪しまれない工夫があるような格好でもない。

「少し、身なりを整えないとな」

悲しいかな。今の俺という人間の社会的地位を証明する要素は外ヅラしかない。

外見……着る服だけでも一丁前にしておけば、そう変なことには巻き込まれないだろう。

「まぁ、住所不定って怪しさだけは、現状どうしようもないけどな」

服を調達するため、店舗の自動ドアをくぐると。


「……住所不定、無職？」


──あったな。今の俺みたいな人間が、一時的にでも身を置けそうな場所。

それも、情報収集に適した場所が。

「幸い、あの公園はここから近い、準備ができたらすぐ行こう」

少しだけ手土産を持って、な。

◇◇◇

「うん。やっぱり居るな。こんな世界になっても」

最寄りの公園に着いた俺は、ところどころに違法滞在する、ビニールシートやらなんやらの建造物を見渡していた。


そう。俺が頼ろうとしているのは、いわゆるホームレスと言われる人たちだ。

実は、一方的に彼らには尊敬の念に近いものを抱いていて、以前から交流がある。

定職に留《とど》まらず、各所を転々とする彼らは、俺の器用貧乏体質と似て少しシンパシーを感じる。

が、俺と彼らには明確に違いがある。

それは、明日を見ようと生きていることだ。

日々、目の前の仕事を消化していただけの俺なんかとは、違う。

ホームレスはその日暮らしなどと言われることもあるだろうが、本質は違うと俺は思う。

彼らのような生き方にこそ、俺は『人間らしさ』を強く感じるのだ。

……まぁ、法のラインスレスレ、あるいは、はみ出している可能性は否定できないし、不利益を被っている誰かがいる。

という側面を丸々無視できるわけではないが——。

「――おっ？　いたいた。おーい！　池《いけ》さーん！」

ドラム缶でこしらえた、味のある焚火にたむろする人影の中に、知り合いを見つける。

「む？……おお。なんじゃ……えーっと。なんじゃったか？　名前？」

「ボケちまったのか？　池さん。名乗ったことなんかないだろ」

「そうだったか？　それにしても生きとったんか、ヌシ。こんな時代、最近めっきり顔を見せんから、死んだかと思ってたわ」

「っはは。相変わらず、キレキレだな。あいにく、すこぶる調子はいいよ」

半年前、死のうとしたのがなんとなく負い目で、笑って誤魔化《ごまか》す。

「そうか？　ワシから見れば、最後に見たヌシはいつ死んでもおかしくないように見えたもんでな」

「……かなわねぇな。池さんには」

「その堅苦《かたくる》しい格好は……今日は仕事終わりで来たのか？」

堅苦しい格好。今しがた袖を通したばかりの、スーツスタイルを指してそう言う。

普段から着慣れているし、世間体的には定職に就いているような印象を持たせられるから無難なチョイスかと思ったけど。訝《いぶか》しげに目を細める池さんの様子を見るに、彼の目にはどこか胡散臭《うさんくさ》く見えるようだ。

「まぁ……そんなとこだよ」

苦し紛れのカモフラージュを見透かされたような気がして、頭を掻《か》いていると。

「……ふむ。まぁ、こっちに来い。積もる話でもあるんじゃろう？」

訳ありなのを察してくれたのだろう。俺が両手いっぱいにぶら下げた、土産の酒に目を移す。

「――ああ。とにかく、こいつで派手にやってくれ」

やっぱり、この間合いは心地いい。

名前を無くす以前から、名無しの俺を知っている。彼らが知るのは、名もなき『俺』という一個人。

とにもかくにも、情報収集といこうか。

◇◇◇

陽はすっかり沈みかけ、持ってきた土産《みやげ》で酒盛りをし、大いにはしゃぐ生命力に満ちた彼らを眺めながら、俺は池さんにこれまでの経緯《いきさつ》を打ち明けた。

死のうと思っていたことは見透かされているだろうけど、あえて触れず。

世界が一変したあの日から、半年間意識がなかったこと。

名前を失うという奇怪な現象のことを話した。

「そうか、半年間も眠っておったのか。道理で音沙汰なくなったわけじゃ」

「ごめん……って、そんな仲でもないけど」

「それにしても、名前がこの世から消えた、か……まぁ、端《はな》からヌシの名前なんぞ知らんからピンとこんな」

酒を揺らしながら、さして興味なさそうに言う池さん。

「はは。そこは名乗んなくて良かったと思ってるよ」

池さんや公園の皆には、以前から名前も、一切の素性も明かしていない。

というか池さんたちが聞きたがらなかった。


『この公園に身を落としていない若造の名前など、知っても意味ない』

そう言った時の池さんの顔は物憂げなものだった。

俺はその言葉を文面通りに受け取らず、言外に――。

『自分たちに近づきすぎるな。住み分けろ。お前さんには未来がある』

そんな風に言っているのだと。

先達《せんだつ》の、不器用な優しさとして受け取った。


「――俺が最後に来てから何か変わりはあった？」

いきなり本題の情報収集に入るのも無粋《ぶすい》かと思い、池さん側の近況を切り出してみると。顔をしかめ、熱燗《あつかん》にしたカップ酒を呷《あお》る。

「……四人、逝《い》っちまったよ。殺された」

「⁉　殺された⁉　なんで⁉」

ホームレス狩りってやつか？

言っては何だが、彼らは金銭的利用価値は薄いはず。強盗目的ではないとすれば……。

「件《くだん》の、ステータスってやつが出てきてからのことじゃ。ガラの悪いガキが数人来ての……スキルってやつの試し打ち、だとかのたまっておったわ」

「……なんだよそれ」

気分が悪くなる話だ。おもちゃを与えられた子供みたいな動機じゃないか。

「まぁ、数はこちらのほうが多かったし、ワシらも同じくスキルを持っとったし、何とか追い返せたんだがな」

二人も喪《うしな》っちまったよ、と言い、酒を飲み干す。

「その後しばらく、日が暮れると化け物がこの公園付近をうろつくようになってな。なんでも、ああいう力を使った場所に引かれて来るらしい。だが、不思議とここにある吹けば飛ぶようなボロ家でも、何故か中には入って来んかった。それぞれが息をひそめ籠城し、そんな状態が一か月。すっかり化け物が居なくなる頃にはもう二人、家ん中でくたばっちまったよ」

「……なぁ、池さん。この世界はどうなっちまったんだ？」

良い具合になった熱燗を渡し、情報収集に移る。

これ以上、池さんの悲しげな眉間のシワを見ていられなかった。

「ヌシは、ワシを仙人とでも思っておるのか？　まぁ、そうさのぉ……なぁんも変わっとらんよ。弱者は食われ、強者は腐る。ヌシの知る以前と、なんも変わっとらん」

確かに。

今聞いた話もひどいものだったが、それを聞いた時、俺の頭をよぎったのは、世界が変わる以前にも起きていた犯罪の類《たぐい》だ。

手段が目新しいだけで、そいつを行使する人間の動機は、等しく腐ってる。


——何を、傍観者ぶっているんだ俺は。


「池さん、教えてくれ。この半年眠りこけて名前を失った俺は、何も知らない赤子同然だ……俺は、この世界で生きたい」

わずかに纏わりつく未知への恐怖を。

池さんと同じ酒《もの》を一気に呷ることによって曖昧に溶かすと、俺はさらに続ける。

「ステータス、レベル、職業《ジョブ》、スキル。その子細、知っている範囲で教えてくれ。土産の酒で足りなけりゃ、こいつも持って行ってくれ」

有り金、預貯金。全てが入った財布を座っているベンチに叩きつける。何も惜しくはない。

「……」

思い切りのいい池さんにしては珍しく長考しているようだ。静かに返答を待つと。

「……こんなもん、いらねぇよ……おい、後は任せた」

池さんはそう言いながら俺の背後へと視線を移す。

視線の先を振り返ると、そこにはいつの間にか一人の青年が立っていた。

俺とそう歳が変わらなさそうな印象。


組み合わせがチグハグな着こなしの服は、端々が擦り切れて、所々赤黒い汚れも付着している。

発色のいいグレーの頭髪が、少し浮いているような印象だ。

風体から推察するに、彼も池さんたち同様、ここで寝食を共にするホームレス仲間なのだろう。


「――そう警戒しないでください」

「……失礼」

初めて見る顔に、つい不躾《ぶしつけ》な視線を向けてしまった。非礼を詫びながら席を立つ。

「あなたが望む情報に関して、後は僕が提供します。少し歩きますが、ついてきてください……」

目を細めた毒気のない笑みでそう言うと、背を向け歩き出す。

迷わず、男の背中を追いかける。

「池さん、ありがとう。お互い、生きてたらまた会おう」

縁起でもない話だが、謎の多いこんな世界ではいつ別れがくるともわからないと思い、そんなセリフを投げかけると。

背中越しに、ひらひらと手を振り応えてくれた。


「――次《また》なんて、ありゃしねぇんだよ……名無しの坊主」

◇◇◇

街灯と、青年が持つＬＥＤランタンで照らされた夜道を歩きながら。

「ステータスについて知りたい、ということでしたね。ステータス画面を開いたことは？」

男は口を開く。

「勿論ありますよ」

「そうですか。なら、知りたい情報というのは、先ほど言われていた通り、レベルやスキル、職業《ジョブ》の仕様ですね。と言ってもそんな複雑なものではありません」

少しでもテレビゲームを嗜《たしな》んだ人間なら簡単です。と言い、簡潔に説明していってくれた――。

「――なるほど。本当にゲームみたいな話なんですね」

異形の怪物を倒したりすれば『経験値』が蓄積していき、自身のレベルが上がるし、ステータスのパラメーターも上昇する。

『職業《ジョブ》』は、戦士やら魔法使いやら、かなりの種類があるようだ。

基本的に授かりものらしく、複数の職業に就くことはできず、一つの職業の熟練度を上げて上位のランクに昇華していく仕様らしい。

『所有スキル』は、パラメーターを補助するものや、様々な特性を持つ特殊能力を有した力の総称。

職業《ジョブ》や個人で獲得するものが大分違うらしい。

大体が想像した通りの内容だった。

(問題は、俺のステータスだ……)

彼に見えないようにステータス画面を開く。

名：――――。
レベル：1
種族：人間
性別：男
職業《ジョブ》：無職
攻撃力：10

防御力：12
素早さ：8
知力：8
精神力：9
器用：■■■■■■■■■■
運：5

状態：酒気帯び
称号：無し
所有スキル：無し
ユニークスキル：《器《き》■■乏《ぼう》》

職業は無職、所有スキルもない。

字面《じづら》では、なんの恩恵を得られるかいまいちわからない、俺の代名詞。というか、呪いの二文字、『器用』のパラメーターは黒く塗りつぶされて読み取れない……。

中でも目に付くのは、一番左のユニークスキルってやつの項目に記されている——。

（というか、表示が安定しないな……壊れているのか？）

機械なのか何なのかもよくわからないこいつに、壊れるという概念が当てはまるのかは甚《はなは》だ疑問だが。そう疑わずにはいられないような不安定な表示だ。

「ちなみに――」

俺の内心の苦悩を知ってか知らずか、男は補足するように説明を付け足す。

「職業は半年前に声を聞いた時。ステータスの出現と共に、全ての人類が職業を取得していると言われています。その時、思い描いた事柄に関連する職業を授かっているみたいですよ」

「そ、そうなんですか」

……え？　もしかして無職なの俺だけ？　人類で？

（まさか、事故直後で意識を失っていたから？　何も思い浮かべることができなかったのか？）

いやいや。病院で寝たきりの人や普通に眠っていた人は世界中いくらでも居ただろう。

俺だけじゃないはずだ、うん。

「なんでも、意識が混濁《こんだく》している人や眠っていた人は、その声を聞いた時、皆夢《みんな》を見て、その内容が職業に反映されたらしいです」

「……あ、あの。ユニークスキルっていうのはなんでしょう？」

自分のステータスに絶望しながら、なんとか光明《こうみょう》を見つけようと、藁《わら》にも縋《すが》る思いで聞く。

「ユニークスキル……？　まさか、お持ちで？」

「あ、いや。街中で、耳にしたもので。いったいなんのことかなーと。自分のステータスには表示されていないので」

得体が知れない以上、隠しておいたほうが余計な火種《ひだね》にはならないだろう。

「……そうですか。ユニークスキル……獲得している事例は極めて少なく、その効果の内容は往々にして希少で強力なもの、と聞いています」

【器用貧乏《こいつ》】が？

おかしな書体と、時々消え入るように波打つ文字。

それらがこちらを煽っているように感じられて、忌々《いまいま》しいだけなんだが……。

「――さて、着きました、ね」

そうこう話している内に目的地に着いたようで、廃工場のような建物の前で男は足を止める。

（気づかないうちに、随分と人気《ひとけ》がない所に来たな）

辺りを照らすのは彼が持ったＬＥＤランタンのみ。

ふと――彼の持つ光源が消えた。

「！　あの、どうしました⁉　電池切れですか？」

突然の暗闇に目が慣れず、俺は声を上げて問いかけることしかできない。

（どうなってる？　あの男はどこに行ったんだ？）

暗闇の中何もできずにいると、突然強烈な光源に照らされる。

「なんだ⁉」

どうやら目の前の廃工場、その二階から投光器のようなもので照らされているらしい。

「――ここら一帯は、少し前に異形の怪物が出て以来、隔離された区画なんです。迷路みたいな路地に、捨てられた建物群。秘密の取引には、もってこいの場所です」

目も眩むほどの光の先から、男の声が聞こえる。人気《ひとけ》のないこの区画一帯に反響しているようだ。

「特に――――」

廃工場の重々しく錆び付いた扉が、軋む音を響かせながら開く。

「あんたみたいな世間知らずを食らうエサ場には、最高だぁ！」

「「「ギャっギャギャギャギャー！」」」

聞いたこともない生き物の奇声が複数。

投光器が作り出す逆光で、姿も何も見えない。

「な……これは、どういうことだ⁉」

「言っただろ？　エサだって。バケモン殺しゃあレベルが上がる。それはこいつらも同じ。それを俺がぶっ殺す。相手のレベルが高いほど、経験値にうまみがあるからなぁ」

投光器の眩しさが和らぐ。

その光は闇の暗幕を上げるように、地面を這い、開いた門の先へ――。

「――つまり」

廃工場を背景にした舞台で、役者は煌々と照らし出された。

毒々しい緑色の肌。

爬虫類みたいな目玉。

小さく、やせ細ったような体躯の割に、筋肉質な肉。

これが――。


「――お前がエサだぁ！　しっかり喰らってきやがれ、ゴブリンども！」

「ゲギャアアアーーー！」

「異形の怪物《モンスター》……っ！」


こうして、立ち向かう術《すべ》を知らない俺の、命を懸けた逃走劇が始まった。

◇◇◇

「うわあぁあーーーー!?」

初めて対峙した四体の異形。けし掛けてきた男が言うところの、ゴブリン。

そんな化け物を前に、俺は完全に萎縮し、即座に背を向け走り出した。

(逃げなきゃ、殺されるっ、殺される!)

夜の闇にも目が慣れてきて月明かりも味方し、何とか視界を確保できている。

身体は小さいし脚も短い。この曲がりくねる細い路地を全力で走れば逃げ切れる、はずだ。

土地勘さえ、あれば。

「ゲギャッギャッギー!」

背後からゴブリンの会話するような奇声が耳に届くと同時に。

《【k…b…】――う件を、み――ま―た。基本職業《ノーマルクラス》:【逃亡者《とうぼうしゃ》】を獲得》
《平面走行《へいめんそうこう》 LV.1　獲得》
《立体走行《りったいそうこう》 LV.1　獲得》
《走破製図《そうはせいず》 LV.1　獲得》

(職業《ジョブ》? スキル!? このタイミングで!?)

「はぁっ! うるっせえ! 逃亡者とか、煽ってきやがって! 仕様が全然さっぱりなんだよ!」

どういうことだ?

半年前授かるはずだった職業を、今になって授かったってことか?

――いや、あの男からの情報はもう、確度のかけらもない。なんの参考例にもならない。

「ゲキャキャキャキャッ!!」

「!?」

前方からも後方からもゴブリンの奇声が聞こえる。どうやら袋のネズミらしい。

「はーーっ！　はーーーっ！　……っ！」


終わるのか？

ここで？　あんな奴に利用されて？　バケモノどものエサにされて？

恐怖に足を竦《すく》ませ立ち止まったまま、立ち向かうこともせずに？


「――っざけんな！」

こんなの器用貧乏体質だの、神のいたずらでも何でもない。

今折れるのは、俺の弱さだ！

「わかってんだろ！　錯覚なんだよ！　そんなもの！」


死にたくないなら思考を止めるな！

生き延びたいなら足を動かせ！

立ち向かうのなら拳を握れ！

自分の道を運命にゆだねるな！

うつろう自分を置いていけ！

目を覚ませ！　覚悟を決めろ！


「う、ぉあぁあぁぁあぁあぁっ！」

《【き…うb…う】発─条─をみ───し─。基本職業《ノーマルクラス》：【精神掌握者《メンタリスト》】を獲得》
《洞察眼《どうさつがん》　LV.1　獲得》
《読心術《どくしんじゅつ》　LV.1　獲得》
《精神耐性《せいしんたいせい》　LV.1　獲得》

自分を奮い立たせる咆哮《ほうこう》と共に駆け出す。

発した声と共に、枷《かせ》となる負の感情が出てしまったかのように、心は落ち着いていた。

地を蹴る力も、さっきより数段力強い。

（敵は、四体）

「ゲキャァーーーーー！」

飛び出してきたゴブリンは、手にした棍棒《こんぼう》を振りかぶる。

「足元への投擲《とうてき》」

駆けながら跳躍すると、投げつけられた棍棒が足元をすり抜けていく。

「ゲッ……!?」

驚きの感情を見せるゴブリンの後ろから、もう二体が追い付いてくる。

「首元へ噛みつき」

駆け出した時に拾っておいた空《あ》き瓶《びん》を叩き割りながら、体勢を低く落とすと。

間抜けにも飛び込んできたゴブリンは、俺の眼前に隙だらけの腹を見せる形になり。

「グギャ!?」

その無防備な喉元に鋭利な刃となった空き瓶を突き立てる。

肉をかき分ける嫌な感触と、蛇口をひねったように溢れる血を前にしても、不思議と心は乱れなかった。


次に、後続の二体が狙いをつけ襲い掛かってくる。

助走をつけるようにこちらからゴブリンへ駆けていくと。

「棍棒の横薙ぎ」

「グギ?」

道端に放置された木箱、エアコンの室外機。それらを踏み台にし、狭い路地の壁面を蹴り頭上を飛び越え奴らの背後に躍り出ると、頃合いよく落ちている空き瓶を後頭部へ叩きつけ――。

「ギャッ!?」

返す腕で、破損によって形成された鋭利な刃を首根っこに突き刺した。

「――あと一体」

突き刺した瓶を念入りに抉《えぐ》り込む。

その背中を仲間のゴブリンに見せつけるように蹴り飛ばす。

さらに追ってきていた一体が追い付き、合流すると。

「ギギ……」

同胞を半分失った今、最初の頃とは違い、動作に警戒の色が濃く出ていた。

その変化を目にし、武器を持たない俺は迷うことなく、再び背を向け駆けだす。

「さっきと違うのはこっちも同じだ」

先ほどまで逃げ回っていた経路が頭の中に浮かんでいる。驚くほど正確に。

「お前らの慣れ親しんだ狩場で、今度はこっちが誘い込む」

さらに足を速め、障害物を立体的に避けつつ、自分の体とは思えない速度で駆けると。

先ほど立ち回った場所でゴブリンの屍《しかばね》から棍棒を拾い、一際狭い通路で待ち伏せた。


――息を潜めて時を待つと、二体の疲弊した息遣いが近づいてくるのが聞こえてくる。

ポイントに来るのを見計らい――。

「ゲッ!?」

狭い路地の間に足を突っ張らせ、死角である頭上で待ち伏せていた俺は、ゴブリンを下敷きに着地し、もう一体の頭部へ棍棒をめり込ませる。

絶命したと確信できる手応え。

そして、足元に横たわる最後の一体に向き直ると。

「これで、終わりだ……！」


渾身の力で頭部を破壊した。

《ゴブリンの群れを殲滅《せんめつ》　経験値取得》
《――のレベルが1↓7に上昇しました》
《特定討伐ボーナス　スキル熟練度アップ》
《平面走行　LV.1→LV.2》
《立体走行　LV.1→LV.2》
《洞察眼　LV.1→LV.2》
《精神耐性　LV.1→LV.2》

「――っはぁっ！　はぁっ……はっ……」

乱れた呼吸を整えながら周囲を警戒。月明かりだけが頼りの薄暗い路地は、変わらず不気味だ。

そして、静かだ――。

「……勝てた、のか？」

頭の中に響く声は『ゴブリンの群れを殲滅』と言っていた。

何者かがテレパシーみたいなスキルで嘘言ってるとかは、ないよな？

さすがに、この天の声は信じても、いいよな……？

「そういえば、逃げ出した時から、ちょいちょい声が聞こえていたな」

生き残るのに必死で把握しようとはしなかったけど、何かステータスに変化があったのは間違いないだろう。

そう思い確認すると。

名：――――。
レベル：7
種族：人間
性別：男
職業《ジョブ》：
□基本職業《ノーマルクラス》□
【逃亡者《とうぼうしゃ》】

【精神掌握者《メンタリスト》】

武器：粗悪な棍棒

攻撃力：１０↓４６
防御力：１２↓６７
素早さ：８↓８３
知力：８↓４９
精神力：９↓８８
器用：■■■■■■■■■■
運：５↓１０

状態：疲労（小）
称号：無し
所有スキル：
平面走行　LV.2
立体走行　LV.2
走破製図　LV.1
洞察眼　LV.2
読心術　LV.1

精神耐性　LV.2

ユニークスキル：《■用貧■》

「本当に、職業とスキルを獲得してる……」

さっきの土壇場《どたんば》で突然あれだけ動けたのは、間違いなく、これらの恩恵だろう。

「なんとか、命拾いしたな……」

ギリギリだったのだと自覚すると、急に膝から力が抜け、壁に背を預けてへたりこむ。

「ははっ……緊張が解けた、ってか？　……それにしても」

やっぱりあの男の情報は嘘だったんだ。

職業は、複数種類、所有できるんじゃないか。

「あいつ、今頃俺が死んでると思っているだろうな」

何とか生き延びたわけだが、これからどうするか。

これだけの目に遭わされたんだ。あの男は憎い……けど、わざわざ報復しても特に俺に利益があるとも思えない。

事が事だけに、当然また会えば殺し合いになるだろうし。

自分から人間を殺しに行くほど腹が決まっているわけでもない。

何より相手の強さ……レベルもわからない以上リスクが高い。

レベルが上がったことで俺のパラメーターはかなり上昇したみたいだけど、比較対象がないから現状どの程度なのか測りかねる。

「……そもそも、池さんはこのことを知らなかったのか？」

あの男が、俺みたいな客を、私益《しえき》のためにモンスターの経験値にしていること。

もし知らずにあの男を使っているのなら、危険だと忠告しなければ。

けどもし、万が一、あの二人が結託しているというなら――。

「……もう一度会うしかないな」

あの男でなく、公園に戻って池さんと話す。

けどその前に、考えたくはないけど、池さんがあの男と結託していた場合、危険な橋を渡ることになるかもしれない。

「結局、ステータスを理解しなきゃ、ままならないよな」

まず持っている手札がわからなきゃ勝負にも出られやしない。

期待した情報の当てが外れた以上、こうなったら自分で検証して理解していくしかないんだ。

「そうと決まったら、今はとりあえず寝よう……」

ステータスの状態の項目には、疲労（小）と記されていた。

実際、疲労感が身体を包んでいる感じだ。こんな状態で次の行動に移るのは効率が悪い。

手近な建屋に入り、段ボールやら新聞紙を物色し即席の寝床をつくる。案外寝心地が良い。

疲労感も手伝い、初めての殺生《せっしょう》に悩まされることなく、俺は一瞬で眠りに就いた。

◇◇◇

あの男に名無しの坊主を預けてから一夜明けた。

後悔と懺悔《ざんげ》がワシの中で渦巻いて、寝起きと老いでボヤけた頭を覚醒させる。


あの坊主は、変わりモンじゃった。

最初に会ったのは炊き出しのボランティアにあいつが参加していた時だ。

仲間たちに配膳するスタッフの中、一人だけ異常にワシらホームレスを観察しとる若者がおった。

そして、豚汁を配り終えると撤収作業もそこそこに、その若者はワシの前に現れこう言った。

『俺、感動しました。あなたたちの生き方こそ本物の人間だ！』


イカレてるんだと、ワシは思った。

それか、同情心からの行いではないと思わせ、何か、こちらに取り入ろうとしているのだろうなどと思っていた。

そして、その若者はワシらが住処にする、この公園を定期的に訪れるようになった。

『俺この前、ここに炊き出しに来た者で……え？　覚えてない？　あ、別に大丈夫っす』

何の目的か知らんが、何度も。

『どうもです。仙人。話、聞かせてください。え？　だって、見た目仙人っぽいので……はぁ。でもあなたの名前も知らないので』

何度も。

『池さーん！　みんなを集めてくれ。酒持ってきたからさ』

ワシは坊主の名を尋ねることもなかったが、あいつは他の誰も呼ばないような愛称でワシを呼び、公園の仲間たちに浸透するほどまで何度も呼び、何度も公園に訪れた。

尊敬してるんだと、あんたたちみたいな生き方がしてみたいんだと。

こんな社会の一部になり損ねた半端者を、本気で慕っているんだと。

この坊主の本心は、久しく感じることのなかったワシの胸の中にある温もりが、本物だと証明していた。

「坊主……」

あやつの好きだった。いや、ワシに合わせていただけかもしれんが。おなじみのカップ酒を、なるべくいい具合の岩で見繕った墓石の前に置く。

「……すまねぇ」

ワシはもう後戻りできん。これからも、あの男に若者たちを引き合わせにゃならん。

「この老いぼれには、立ち向かう力なんぞありはせん。歯向かう気概も、ありはせん……」

身を削ることすらできん弱者は、強者に供物をささげることでしか、何かを守ることはできん。

「じゃが……もう、ワシにはできん」

あの若者を死地に送り、今に至って、これ以上血にまみれるのが怖くなった。

なんと、手前勝手な死にぞこないだ。

「今更許せとは、言わん。恨んでくれ。呪ってくれ。ワシも直《じき》に行く。もし……もし、生きて、逃げ延びたのなら――――」


どうか。

「ワシを、殺してくれ」

「――――そいつは、誰の墓だい？　池さん」

◇◇◇

「よし、池さんに会おう」

昨晩、ゴブリンたちと死闘を繰り広げた『廃棄区画』で一夜を明かした後。午前中丸々使ってスキルの検証を終えた俺は今、公園に戻ってきている。

ちなみに、昨日眠る時や今朝に至るまで、またモンスターが出現するかもという一抹の不安はあったが、結局そんな気配は一度もなかった。

(今まで聞いた話だと、モンスターってのは、野生動物みたいにそこらを徘徊しているわけでもない。きっかけがないと出てこないんだ。昨日のゴブリンは、あの男が何らかの方法で、操ってる……ってとこか)

現状、モンスターの出現について俺が知っていることは、スキルに引き寄せられて集まってくるってことだけ。

でも、昨日のゴブリンたちとの戦闘で、俺は確実にスキルを使用したにもかかわらず、一晩モンスターが出てこなかったってことは、とりあえずの目安にはなるかもしれない。

(どの程度のスキル使用が引き金になるのか。その頻度も、期間も、一切わからない。わからないけど、やらなきゃならない時、避けられない戦いは、あるんだろうな)

尚の事、あの男の性質《たち》の悪さが際立つ。

ヤツの話ではあるが、モンスターが湧くだけで街の一部区画が廃棄……スキルの検証中も少し探ってみたが、人気《ひとけ》が一切ないこの区画は、恐らく公的《こうてき》に立ち入りが禁じられてしまっている。

もし、モンスターを飼うために、意図的に呼び込んでいたりしていたとしたら、とてつもなく悪意的。

「あの先生が言ってたことも当てが外れたな」

半年前の事故で、重傷を負った俺が世話になった医者。

『こんな世界になった今でも、それなりに社会は回っています』

なんて言ってたけど、とんでもない。ド世紀末じゃないか。

「――あんな人間ばかりじゃないと、願いたいね」

今は、あの男と引き合わせた池さんが、そんな悪事に加担していないのを願うばかり。

「それをこの目で、見極める」

今の俺には、スキル『洞察眼　LV.2』と『読心術　LV.1』がある。

昨日ゴブリンの動きが手に取るようにわかったのは多分そういうことだろう。

対人相手では試してないけど、きっとできるはずだ。動作の先読みだけじゃなく、言葉の裏、嘘の裏を見抜くことが。

(――頼む、池さん。知らなかったと言ってくれ)

彼らの居住区から外れた、木々が生い茂る緑地帯にひざまずく池さんを見つけ。物言わぬ岩に懺悔の言葉を垂れ流すその姿を見て、そう願わずにはいられなかった。

「――――そいつは、誰の墓だい？　池さん」

意を決し、声をかけると、ゆったりとした動作で合掌を解く。

「――死人を仏さんなんて言うが、ワシはどうやら間違って本物の仏様に祈っちまったらしいのぉ。こんなに早く聞き届けてくれるとは」

「……何を祈ったんだ？」

「坊主《おまえさん》が生きていたならどうか、その手でワシを殺してくれ、と」

信心だけは捨てるもんじゃねぇな、と、冗談めかして立ち上がる池さん。

「知ってたんだな？　あの男の手口」

「ああ」

……わかっちまう。

「あいつは、てめぇのために、人間をバケモンのエサにしとる」

言葉に嘘がないのが、見えちまう。

「弱みを握られてるのか？」

「……そんなもんねぇよ」

嘘だな。

「大方、あいつに人質でも取られてるんだろ。ここの、仲間たちだな？」

「……」

肯定の沈黙。

「――わかった。俺があいつと話をつける」

「!?」

背中越しでも明らかに動揺の色が見え、ようやくこちらを振り返る。

「何言ってやがる坊主!?　どう逃げ延びたか知らんが、せっかく永らえたんじゃ。みすみす死にに行くでない！」

「池さんこそ、死ぬ気なんだろ？」

「それがどうした!?　ワシが犯してきた罪の償いに、命《こいつ》以外に払えるもんなんぞ……！」

「池さんの命は、池さん一人分の命でしかないんだよ」

俺の言葉に目を見開き、二の句を継げないでいる池さんに続ける。

「今まで何人売ってきたか知らないけど、もう罪の重さを量る天秤は壊れてんだよ。どうしたって釣りあわない。そのうえ、池さん一人あいつに殺されたって、次は守ってきたここの仲間たちがエサになるだけだ」

力なく膝をつくと、普段、歳の割に腰が曲がってないので気づかなかったが、ひどく体が小さく見える。

「ワシは……どうしたらいいんじゃ……無意味な死しか価値を持たんワシは……っ」

「俺が、あんたにできなかった方法で、みんなを助けるよ。それが友人として俺のできる最後のおせっかいだ、池さん」

『その後の、自分の身の振り方は……自分で決めなきゃだめだ――』

それだけ言い残して、俺はもう一度『廃棄区画』に戻ることを決意し、池さんに背を向け走り出す。

静かに怒りを燃やし、奴が居るだろう廃工場へ向かった。

『精神耐性LV.2』では鎮まりきらないほど頭にキテいるらしい。

今、足を速めたところで意味はないけど、この怒りをアスファルトにでもぶつけないとどうにも収まらず、ほぼ全力疾走していた。

《熟練度が規定値を超えました》
《平面走行　LV.2→LV.3》
《立体走行　LV.2→LV.3》

頭に響く声がスキルのレベルアップを告げる。

(ありがたい、今は少しでも力はあったほうがいい……!)

まず間違いなく戦いになるだろう。機動力が高ければ高いほど、生存率は上がる。昨晩のゴブリン戦で一番学んだことだ。

しかもこの二つの走行スキルは速さや高さだけでなく、どうやらスタミナも上昇するらしい。より長い時間、高速移動ができるということだ。それと――。

(今朝、スキルについて考え込んでいた時、獲得した職業《ジョブ》もある……)

この手札があれば、いくらでもやりようはある。

生き残るためには、この力は必須とも言えるかもしれない。

(――それにしても、不思議な感覚だ)

このスキルというやつ、変に馴染むというか、体が覚えていたというか。

変な話、『なんで今までできなかったんだろう?』という感じだ。

(まぁ、今はスキルを使って飛んだり跳ねたりしてるっていうより、前にやったパルクールで移動しているようなもんだから、懐かしく感じるだけかもしれないけど)

もっとも。速度もキレも高さも、常人のものではない感覚だ。

(と、考え事は後だ。今はあの男の始末を、どうつけるかだ)

雑念となる思考を振り払い、さらに廃工場への足を速めた。

◇◇◇

「……まだ、帰ってきてねえのか。あのクソゴブリンども」

昨日の夜、ホームレスのジジイから引き渡されたあの間抜けに、嗾《けしか》けてから一晩経つが、一向に廃工場《ここ》に戻って来やしねぇ。

まさか、スキルの効果が切れたのか……。

「いや。時間経過で切れるようなもんじゃねえ。有効距離は存在するが……」

せっかく付けた首輪《スキル》が外れるのも面倒だから、クズどもをエサにするときゃ万が一にも効果の範囲外にならねえように、この『廃棄区画』からは出ねぇようにしてある。あるとすりゃあ、どこぞでくたばったか……

「ちっ。わかんねぇ……」

あいつらには既に十人分の経験値《エサ》をくれてやっている。しっかり働いて俺の糧《かて》になってくれなきゃ割に合わねぇ。

「こいつは育ちすぎちまって、これ以上は手が付けられねぇしなぁ。これ以上食わせるとこっちがやられちまう」

もしこのままゴブリンどもが帰ってこなきゃぁ……やるしかねえな、もう一度。

「スキルの熟練度も上がるしな。コマも増やせて一石二鳥だ」

今の俺ならさらに効率よくいくだろうよ。

「お前も居ることだしなぁ？」

◇◇◇

物陰から廃工場を覗き見る。

昨日は夜で真っ暗だったからよく見えなかったけど、外観は思ったよりきれいだ。

「さて、ここからどうするか。正面から突っ込んで、罠があってもつまらない」

昨日のゴブリン以外にも、モンスターを囲っているかもしれないんだ。

建物に入った瞬間、死角からガブリ。なんてこともあり得る。

「奴の姿さえ見えれば……戦略も立てやすいんだが」

この手札は、ある程度距離を詰めなきゃ使えないんだ。

さっき公園で池さんに話しかける前密《ひそ》かに実験していたが、体感で五メートル以内に近づかないと発動しない。

「……幸い、ここらは建物が密集している。周りの建物に身を隠しつつ様子を見るか」

射程内に視認できれば御《おん》の字。

一番近い建物を見つくろい、窓際に陣取って工場側を窺うと。

（……どうやら、運は俺に向いているらしい）

俺が背を預ける壁、仕切りのフェンス、工場のトタンの外壁。

たったその三枚の障害物に隔てられた先の窓越しに、あいつの姿が見えた。

こちらは日陰で薄暗いから、向こうからじゃ余程《よほど》注視しないと見つからないだろう。

（やけに生活感あるな……と、あれは檻《おり》？）

あの中に魔物を飼っているのだろうか。ここからでは檻の中は見えない……なら、今優先すべきは、その飼い主。

対象の詳細を暴く、新しく獲得した職業――。

「【鑑定士《かんていし》】スキル『目利きLV.1』……！」

名：？
レベル：5
種族：人間
性別：？
職業《ジョブ》：
□基本職業《ノーマルクラス》□
【魔物《まもの》使い】
武器：？

防具：？
攻撃力：？
防御力：？
素早さ：？
知力：？
精神力：？
器用：？
運：？

状態：ふつう
称号：？
所有スキル：？？？

「……LV.1だとこんなものか」

池さんに実験で使った時も思ったけど、まともな情報はレベルと職業だけ。

性別はどう見ても男なのに、なんで表示されないんだろう？

いつか細かいパラメーターや所有スキルも見えるのだろうか。

「けどまぁ、十分すぎることがわかった」

こちらのほうがレベルは上、これは大きなアドバンテージだろう。

そして奴の職業名から察するに、モンスターを使役して戦うスタイル。勘だけど、奴自身に大した戦闘力はないと見た。

「多分、奴と一対一なら、俺に勝算が大きく傾く」

有益な情報を得て、今なら不意を突けると意気込み、ゴブリンの棍棒を握り込む。

が、窓の向こうの奴は不機嫌そうに何事か喚きながら、近くにある檻へと近づくと――。


『――そこに居んのか？』

「！」


声は聞き取れなかったが、目が合い、奴の口がそう動いた気がした。

その瞬間。


「ゴアアアアァアァ！！」

ゴブリンとは比べ物にならない不吉さを孕んだ咆哮が、窓を振動させ身体を打つ。

嫌な予感がし、床を蹴り飛び退くと。

轟音を立て壁を破壊しながら、俺がいた場所は人間の胴を掴めそうなほど大きな手に叩き潰された。

「目利き……！」

名：？
レベル：14
種族：オーク
性別：？

攻撃力：？
防御力：？
素早さ：？
知力：？
精神力：？
器用：？
運：？

状態：興奮
称号：？

所有スキル：？？？

「レベル１４⁉」

あいつと一対一なら勝算は高かった。

（けど、まさかこんな化け物を飼っていたなんて……）

俺の倍はある体高。ボロい腰蓑《こしみの》のみを身に着け、露わになっている肉体は、四肢も胴もそれぞれに極太で筋肉の密度が高い。今さっきコンクリの壁を軽々と崩したのも納得がいく。

種《しゅ》としての強さ、存在感や圧がゴブリンの比じゃない。

「残念だったなぁ、この豚は鼻が利くんだよ……あ？　誰かと思えば、昨日の間抜けじゃねぇか？　ゴブリンどものエサにしたはずだぞ？」

圧倒的優位を確信しているのだろう、尊大な態度でオークの横に立つ男。

俺をここへ案内した時の作り笑いは一切ない。

敵意を剝《む》き出しに嫌な薄ら笑いを浮かべてこちらを眺めている。

「……その節はどうも」

「けっ、うまく逃げられたのか？　まぁいい。オークのエサにしても俺にうま味はねぇ。ゴブリンたちも帰らねぇ、ほかにコマも居ねえ。味気ねぇが、俺が直々に経験値にしてやる、よっ！」

懐《ふところ》から折り畳みナイフを取り出し、器用に手の中で回しながら襲い掛かってきた。

が。その単調な攻撃を棍棒で弾き、空いた手で顔面に拳をくれてやる。

「ぐっ⁉　……あぁ？　あぁあぁあ⁉　てんめっ、俺よりつえぇじゃねえかぁ！」

たたらを踏み鼻血を垂らしながら、狂ったように喚き散らす。

「俺のほうが、レベルが高いらしいからな」

「なんでそんなこと……そうか！　てめぇ【鑑定士】か。そうかそうか。お前、ゴブリンどもを殺ったんだな？」

打ち所が悪かったのか愉快そうに、そうかそうかと繰り返すと。

「――お前、俺と手を組め」

「……なんだと？」

いきなり訳のわからない提言。

その場に胡坐《あぐら》をかいて座り込み、男はさらに続ける。

「まぁ聞けよ。自覚があるか知らねぇが、お前のそのスキル。相当なレアもんなんだよ。世界がこんなになっちまってから、噂は聞いたことあったが見たのは俺も初めてだ。最高じゃねぇか、やりあう前に相手の力量がわかる」

「……」

「お前もそいつで俺を見たんだろ？　で、格下とわかったから俺を襲おうとした。な？　違うか？」

否定はしないが答えてやる気もない。

「その力がありゃ、俺のレベリング法も格段に効率が上がる。なんせ俺の職業もちょっとした特性がある変わり種だからなぁ」

（特性？　変わり種？）

「もちろんお前にも分け前はきちんと用意する。『人間』なんざ信用ならねぇが、こんな世界だ。協力し合おうぜ？」

……使役する魔物と同じく、知性のかけらもないかと思っていたが。中々口が回るようだ。

「──なるほど、一理ある」

男との距離を詰める。

これだけは、面と向かって言ってやらないと気が済まない。

「けどそれは俺の理《り》じゃない、お前の理だ。この世界の理だ。だから断る」


「────なら死ね」


「ゴアァッ！」

男の声と共に、控えていたオークの長い腕が伸び、胸ぐらをつかまれ、咄嗟にさっき拾っておいた魔物使いのナイフを図太い手首に突き刺した。

（刃《は》が通る！　このレベル差でも、当たれば俺の攻撃が効くってことだ……！）

薄い勝ち筋が見えたと考えていると、全身の血流が一方向に引っ張られるような勢いで、崩落した壁にぶつけられながら外に放り出される。

「――は？」

視界は回転し、受け身も取れずに地を転がされた。

「がっ、げほっ……ぅぐ……」

なんという馬鹿力か。

コンクリを砕く衝撃に、地面を跳ねた痛みに耐え、なんとか身を起こす。一瞬で体中が打撲だらけ。

闘志が萎《な》えそうだ。ナイフを手放さなかったのを誉めてほしい。

「馬鹿な奴だよ、ほんと。俺に勝てても、こいつには勝てねぇぞ？」

「ゴォォォオ！」

どうやら休む間も与えてくれないらしい。広い場所で奴の全体が見えるとデカさがよりわかる。三メートル近くあるんじゃないか？

唸り声を上げながら巨体が突っ込んでくる。触れるだけでこっちの身体がバラバラになりそうだ。

（落ち着け……相手は格上、だけどゴブリンをデカくしたようなもんだろ。同じく四肢が付いてるなら動きを読め、できるはずだ！）

動きは遅い、素早さでは俺が優位。動作も単調、動きも読める。

なら、やることは一つ。

（攻撃を避けて、隙を打つ！）

オークの突進をギリギリまで引き付けて躱《かわ》す。

がら空《あ》きの背中に渾身の力で棍棒を振り下ろすと、鈍い打音――。

「――え？」

途端、棍棒の持ち手が軽くなる。

一拍遅れて、攻撃したこちらの棍棒が折れたことに気が付く。

(マジかよ!?)

ナイフが通ったと思って油断した。動きを見切っても、闇雲《やみくも》に攻撃を加えるだけじゃダメージが通らない。

(俺が持ってる武器は、このナイフだけ……下手に手を出せば武器が壊れる。そうなれば俺に勝ち目はない)

考えろ、観察しろ。見た目はデカいゴブリンだ。

もっと言えば、人間とシルエットはよく似ている。

(思い出せ、生き物の構造、その弱点。すこし考えればわかるだろ、野生の獣、人体の弱点《それ》……！)

中距離の間合いを維持しつつ、奴の周りをゆっくりと歩く。

「――左腕の振り下ろし」

「ゴァッ！」

踏み込むように前進しながら攻撃を躱し死角に回り込むと、逆手に持ったナイフを膝裏に突き立てる。

柔らかい関節部への集中攻撃。

「左腕の薙ぎ払い」

「グアッ！」

屈んで躱すと轟音が耳元を撫でる。一発でもまともに食らえば致命打となる背水の陣。

その恐怖に負けじと、振り切って無防備になった左脇にも、立ち上がりざまにナイフを突き立てる。

「はぁっ……！　はぁっ……！」

攻撃後、即座に元の中距離の間合いを取り、息を整える。

ナイフが折れないよう、一撃一撃に細心の注意を払い、一発でも当たったら終わるであろう攻撃を避けながらの立ち回り。

極度の精神的ストレスにも蝕《むしば》まれ、呼吸は乱れてあっという間に息が上がってしまう。

《熟練度が規定値を超えました》
《精神耐性　LV.2→LV.3》

あんな巨体に、こんな針のようなモノで攻撃し続けて倒せるのだろうか？

そんな押しつぶされそうな不安が幾分か軽くなる。

「――ふっ！」

手足と気道を締め付ける枷を振り払うように地を蹴り、今度はこちらから仕掛ける。

「右の、ストレート……！」

さらに加速し拳が到達するより早く後方へすり抜ける。そして今度は右膝裏にナイフを刺す。

攻撃が大ぶりな分、隙も多い。足の腱への追加攻撃付きだ。

そしてまた元の間合いへ。

「グ、ゴア？」

どうやら足元への重点攻撃が効いてきているらしい。脇からの出血も派手に出ている。

当のオークは、自分の体、二足歩行の生物にとっての要《かなめ》。脚部の異変には気付いてはいないようだ。

「ど、どういうことだ？　なんで、てめぇはまだ生きてるんだよ⁉」

魔物使いは驚きを隠そうともせず取り乱している。

黙ってろ、こっちは生きるか死ぬかの戦いに集中しているんだ。

「────っ！」

「ゴァ……！」

そして、もう一度オークの攻撃をかいくぐり、再び足の腱へナイフの一撃を入れると、その場でオークは膝をついた。

「ゴ、ゴァァ」

「はっ……はっ……巨体を支えるにはその足じゃ限界、みたいだな」

攻撃の精度と威力を支える足の踏ん張りを削《そ》いだ。それは同時に、太い血管が密集する箇所の損傷を意味する。

必然、出血も相当量だ。このまま、倒れるまで何発でもやってやるさ。

「このっクソブタが！　何の役にも立ちゃしねえ！」

戦いの外にいた魔物使いは、膝をつくオークを足蹴《あしげ》にし罵声を繰り出し始める。オークは一切堪えてないだろうが。

奴が無様《ぶざま》に取り乱しているうちに乱れた呼吸を整えていると。

「……ん？　なんだ？　頭から蒸気、みたいなものが――」

オークの体に、異変が起き始めていた。

まるで頭が、熱を帯びているみたいに薄く赤みを帯びてきている。

「――目利き」

何かステータスに変化でもあったのかと思い見てみると。

『状態：憤怒《バーサク》』

「どこも変わって……いや、状態の項目が……バー、サク？」

「ゴォォォォオオオオオオ！」

今までで、ひと際大きい咆哮を吐き出す。

それと共に、自分の存在を誇示するように、両腕を左右に振り上げた。その際――。

「ぶぎゃっ……!?」

近くにいた魔物使いは運悪くその動作に巻き込まれてしまい、その体はたやすく宙を飛び、血反吐《ちへど》をまき散らしながら廃工場の壁面に叩きつけられた。

「……っ!」

あんなクズ野郎でも、目の当たりにした大量の人の血に、俺の体は一瞬硬直する。

その硬直の一瞬、俺は完全に懐を許してしまった。

「しまっ……!?」


『死』。

眼前に迫るオークの岩のような拳。ゴブリンに襲われた時よりも濃い死の臭い――。


「――坊主!」

死角から突然、突き飛ばされるような衝撃。

俺の体はわずかな重みと共に攻撃の軌道からギリギリ逸れ、転がりながら距離を取る。

直後、地響きと共にさっきまでいた場所を砕く鈍い音。

（どう、して、ここに……!?）

あそこで呆けたままでいたら、物言わぬ肉塊になり果てていただろう。


「池さん!?」

「間一髪、じゃったのう」

何でここに？　という言葉は呑《の》み込んだ。

「ごめん、呆けてた。助かったよ……でも、もう隠れていてくれ」

「……いや、すまん。ここに来る道のりと、坊主を突き飛ばした動きで腰を痛めた。足も言う事を聞かんし、一歩も……動けんようじゃ」

「マジで!?」

いや、無理もないか。

歳も歳だし、公園で見た池さんの職業じゃあ大して動けない印象を受けた。ここに駆け付けるだけで、息も絶え絶えだったんだろう。

「ゴォアアアア！」

「っ……くそっ！」

そうこう考えている間に、オークは追撃の拳を振り上げ迫り来る。

「ごめん池さん！」

「ぉおっ!?」

老体を両手で思い切りぶん投げ、オークから距離を取らせる。

受け身を取る余裕もないだろうけど、オークの攻撃を食らうより何倍もマシだ。

(怒りの矛先《ほこさき》は俺だろうからな、引き付ける！)

さっきまでの、膝をつくほどの脚部へのダメージが嘘のように迫って来るオーク。

だが、見た限り傷が塞がっているわけでもない。極度の興奮状態でタガが外れて無理やり動いているんだろう。傷も開いて出血も勢いが増しているし、弱りつつある……はずだ。

(さすがに池さんを抱えながらは、逃げ切れない……今ここで倒す！)

両腕の振り下ろしを、池さんを投げた反対方向に跳んで躱す。

オークの行動回数は激しさを増しているようで、すぐさま右腕を振り払う。

それを低く屈み前転しながら躱し、股下を潜り抜け、もう何度目かの膝裏に攻撃を加え――。

「――こい、つっ！」

さっきとは違った手応えに違和感を抱く。

だが、今の俺にはこの戦法しかない以上、愚直に繰り返すほかない。

振り向きながら振り下ろされる腕を回避し、次の大振りの攻撃も避け、再びナイフを膝裏に突き立てる。だが――。

「っ……抜けない!?」

想定外の事態に動揺を隠せず、無理に引き抜こうとしたのがいけなかったんだろう。

オークがナイフを刺した脚を振り上げたその時。

絶望の金属音が鳴り響く。

唯一の対抗手段をなくしながらも、なんとか追撃を食らうことなく距離を取る。

「武器がっ……！」

「くっ！　とうとう折れやがった！」

明らかに肉質が変化していた。

怒りと共に筋肉が……硬度を増したとでもいうのか？

だとしたら、モンスターの体を人体や獣のそれになぞらえた戦法は下策……だったのかもしれない。

（——ちがう。今をどうするかだけを考えるんだ……今の俺自身の攻撃力をどうこうすることはできない）

考えろ。今はどうしたって、武器が必要だ。

考えろ。あんな普通のナイフでも、さっきまでは攻撃が通っていたじゃないか。

「……そうだ、武器だ」

他力本願になるし、その能力の詳細は俺もわからない。

けど、これに縋《すが》るしかない。

「池さん！　【鍛冶師《かじし》】の力を貸してくれ！」

「！」

この廃工場に来る前、公園で池さんと話をする直前に俺は、池さん相手に『目利き』のスキルを試していた。

その時に見た池さんの職業は――。

「――ヌシ、なぜワシが【鍛冶師《かじし》】だと？」

「説明は後だ！　今すぐ武器が欲しい！　さっき俺が持ってたナイフで、より丈夫か、それ同等の！　突貫でそういうのできるか!?」

「……即席でいいのなら、数分あればできるが」

「本当か!?」

「しかし、元となる鋼《はがね》が……」

「これ、使えるか!?」

俺は池さんに、中ほどでぽっきり折れたナイフを投げて渡した。

◇◇◇

坊主の投げたナイフを受け取り、その状態を検《あらた》める。

「これは、ダメじゃ……」

このような大量生産品の鋼では、せいぜいのばして同程度の物しか打てん。

坊主はそれでいいと言うが、刀剣を打つワシにはわかる。これでは、あの化け物の肉を斬ることなどできない。

こんなもので、よくあの巨体の化け物と渡り合っとるもんだ。


——いや。ひとつだけ方法があったか。


「坊主！　大丈夫だ！　今こいつで新しい刃《もん》を打ってやる！」

「本当か！　わかった、それまで俺が引き付ける！」

嘘じゃよ。こんなナマクラ、どうしたってマシにはならん。

「坊主は、ワシの仲間のために命を懸けて戦っとる」

ワシも命で答えなければ。

こんな無価値と思っとった老いぼれの命で坊主の助けになるのなら……。

「刀匠のワシからすりゃ、こんなもんは邪道もいいところだが」

なるほど、確かに……便利かもしれんのぉ。

《警告。このスキルの使用条件は『代償発動《だいしょうはつどう》』です。スキルを使用しますか？》

決まっとろうが——。

「【鍛冶師《かじし》】、ユニークスキル」

受け取ってくれ坊主、これがワシの償いと——。

「——《魂鋼《たまはがね》》」

恩返しじゃ。

◇◇◇

「ゴガァァァアア！」

「くっ！」

次々と繰り出されるオークの攻勢に、俺は追い詰められつつあった。

疲弊していく俺をよそに、こいつの勢いは止《とど》まるところを知らない。

（まだか、池さん！　はやく――）

《――受け取れ！　坊主！》

一旦距離を取るため大きく飛びのいた瞬間。どこからともなく池さんの声が響き渡る。

その直後、頭上から棒状の物体が降ってきて目の前の地面に突き刺さった。

「――これは、剣か？」

さっきのナイフとは比べ物にならないほど、刃渡りも、厚みもしっかりした剣《つるぎ》。

柄《つか》を握り込み引き出すと、長剣とはいかないものの、そのサイズは扱いやすい。

完全に引き抜くと、触れるものを両断する雰囲気を秘めた美しい刀身が、陽の光を反射する。

「ショートソードってやつか。すげぇ……すごいよ池さん！　これならいける！」

見えた勝機にはしゃぐ俺へ、お構いなしにオークは迫り来る。礼を言う暇もない。

（真剣《しんけん》なんて扱ったことないけど、要は長い刃物だ。真っ直ぐ振って真っ直ぐ刃を立てれば……！）

もう見飽きた太い腕の攻撃を躱し、下から斜めにわき腹を斬りつける。

「ゴォォォォ!?」

「通った！」

さっきまでのナイフとは比較にならない切れ味。

俺の拙い剣捌《けんさば》きでも、相当なダメージだったらしく、痛みに吠えるオーク。

——元のこいつに知性があったのか、ゴブリンのように獣のような野蛮さがあったのかはわからないが。

「お前も、あの魔物使いに利用されてるんだよな……今、楽にする」

最後の一撃のため、走行スキルを全開にして駆け出す。

（これで決める！　集中して狙い澄ませ。今できる最高の一振りで切り抜けるんだ！）

《【…よ、う…んぼ】の——件を——した。基本職業《ノーマルクラス》：【解体師《かいたいし》】　獲得》

《弱点直勘《じゃくてんちょっかん》　LV.1　獲得》

《弱点特攻《じゃくてんとっこう》　LV.1　獲得》

《ドロップ率上昇　LV.1　獲得》

両腕を広げ迎え撃つオーク。

間合いに入った俺を、両の手で叩き潰すつもりらしいが――。

「終わりだ」

最高速に乗りきったこの身をとらえられることなく、オークの攻撃をすり抜け。

その速力のまま跳躍。刃を水平に――。

「ゴ……ガ!?」

まっすぐ振り抜く。指先に伝わる、かすかな抵抗。

「――っとと！」

慣れない帯剣《たいけん》の状態で、締まりなく躓きながら着地。背後から重たい物が落ちる鈍い音が、遅れて耳に届く。

その結末を見届けるべく、緊張状態のまま振り向くと。

「……やっ、た」

両断されたオークの首は地に落ち、膝から崩れ、その巨体は沈んだ。

《経験値取得》

《――のレベルが7↓12に上昇しました》

経験値を取得したことと、レベルが上がったことを、響く声は告げた。

「一気に5レベルも……格上だったからか？」

相手が強ければ強いほど、経験値も豊富ということか。俺自身のレベルが現状低いということも、この上昇率の要因だろう。

「この剣がなかったら、マジでやばかったな」

生死を懸けたギリギリの戦いを切り抜けた安心感と、強敵に勝利した高揚感。綱渡り的な状況を思い出し、ヒヤリとする寒気。

そんな浮ついた心中《しんちゅう》を、手に握り込んだ重みが正気に戻してくれる。

「そうだ、池さん！」

池さんがこの剣を打ってくれなきゃ、そこに転がっているのは俺のほうだった。

あの短時間で、どうやってこんなすごい剣を作り出したのかも気になる。

「池さーん！　倒したぞ！　この剣、めちゃくちゃすごくて、素人《しろうと》の俺でも――」

辺りを見渡すが、すぐに池さんの姿を見つけることはできなかった。

「……池、さん？」

胡坐でもかいて待っていたものだと思っていたから。地べたに横たわる池さんの姿を見つけるのに、少しだけ時間がかかった。

俺は駆け寄ろうとはせず、ゆっくりと近づく。

浅い息を繰り返す友人の傍《かたわ》らに、腰を下ろした。

「なぁ、池さん。池さんの剣のおかげで、勝てたよ。池さんを脅してたあの男も、居なくなった」

そっと、その傍らに剣を置くと。

「……おぉ……そうか……その剣、やる……ヌシが持っていてくれ」

「――ありがとう。大事に使う……スキルの、せいか？」

「あぁ……魂を、代償に……鋼を、生み出し……刃《やいば》を、生成……する……ヌシと最後の、無駄話する分は……とっておいた」


それから池さんは、俺には知る権利があると言い。

事の経緯を、息も絶え絶えに話してくれた――。


仲間が二人、ゴロツキのスキルの試し打ちによって殺され、モンスターがうろつくようになった後。

程なくして追い返したチンピラの一人が、モンスターを引き連れて再び現れたという。

それがあの魔物使いだった。

奴は同じゴロツキ連中をそそのかし、モンスターが出現するようにスキルを使わせ、池さんたちを襲わせたこと。

その後出現したモンスターたちを手駒にし、ゴロツキ仲間を使役したモンスターたちの経験値にしたこと。

そして、そんなイカれた手段を用いる狂気じみた男の脅しに、池さんは戦慄し、屈してしまった。
と――。

「そうだったのか……」

何から何まであの男のせいだったか……あいつがオークに殺されたのも、因果応報《いんがおうほう》ってやつだな。

「ワシには、力がなかった……気概もな。じゃが、ヌシが、やり遂げてくれた……」

「そんなことない。俺が勝てたのは池さんの剣のおかげだ。池さんが勝ったも同然だ。池さんが、みんなを守ったんだ」

「……そう、か……最後に、ヌシの名前……知りたかった、のう……」

「……ああ、そうだな」

「いずれ……戻るとよいの……ヌシの、名」

そう言って息を深く吸う池さん。

「ワシは、もう逝く……また、死のうなんて、考えるでないぞ？　しばらく、ヌシの顔は、見とうない……」

「ああ。くたばるまで、ちゃんと生きてみるよ。この世界で。この剣で」

俺の返事を聞くと、珍しく人当たりの良い笑みを浮かべ。


静かに息を引き取った。

名無しの俺は一体、目の前の友人の中で、何者として残ったんだろう。

俺は……思ったよりも大事なものを、失《な》くしちまったのかもしれない。

「それでも、自分が何なのかわからなくなっても、俺は生きるよ。池さんたちみたいに自由に生きる。

不器用に、さ――」


「――ぐっ……く、そがぁ」

池さんに黙祷《もくとう》を捧げていると。廃工場の方から耳ざわりな苦悶の声が聞こえてきた。

「……生きていたのか」

俺の心中は氷のように冷め、剣を取り立ち上がる。

奴の息のある姿を確認すると、ポケットから小瓶を取り出し、それを頭上で握り潰すところだった。

「あのクソブタがぁ！　レアな回復薬使わせやがって！」

……回復薬、か。

初めて見る代物《しろもの》だが、その名の通りの道具なのだろう。傷が見る見るうちに塞がっていく、すごい効果だ。

一瞬で治療を終えた奴は、剣を持った俺の姿に気が付くと怯えた様子を見せる。

「てっ、てめえ！　まさか、あのオークに勝ったのか⁉」

「この状況を見ればわかるだろ？」

首を落とされたオークの死体を見ると、見る見るうちに青ざめていく。

「バカな⁉　なんでっ……昨日までステータスのこともろくに知らなかった奴が⁉」

ありえねぇ！

と、なおも取り乱し続ける。けど、もう正直、声も聞いていたくない。

「信じられないなら信じないで好きにしろ。お前は、ここで終わらせる」

「！　ひぃっ……⁉」

勝てないと見込んでいるのか、工場の壁伝いにじりじりと距離を取ろうとする魔物使い。

今更切り札もないだろうが、警戒しながら距離を詰める。

「池さんの剣。お前なんかの血で汚したくないんだけどな――」

「――くっ、来るな……っ！」

さらに詰め寄ろうとしたその時。

突然、上空から猛禽《もうきん》類が発するような鳴き声が響き渡り、俺と奴の間を通り過ぎた。

「――鳥型の、モンスター？」

随分でかいな。スキルを使用した戦いに誘われて寄ってきたか。

思ったよりも早い。相手がオークだったからなのだろうか。

「もう、これ以上お前に時間をかけてられな――」

突然現れたモンスターに警戒していると、鳥型モンスターは狙いをつけ滑空。

その標的となった魔物使いは、こちらを見て嫌な……凶暴な笑みを浮かべ——。

「っ！　まさか⁉」

「——『隷属《スレイブ》』！」

恐らくスキルの名称らしき言葉を口にすると、明らかに魔物使いめがけて降下してきた鳥型モンスターは、一瞬身体をびくつかせ、逆アーチを描く軌道で空に舞うと、魔物使いはその足に掴まり、剣の届かない高さへ逃げおおせた。

「くっ、はははははっ！　ツいてるぜぇ！　このまま逃げさせてもらうわ！」

「っこの！　待て！」

「いいのかよぉ⁉　そのジジイの死体食われちまうぜ！　ここら一帯はまたバケモンが出てくるようになる！　いいのかぁ？　俺なんかにかまっていて？」

（——そう、だ。思ったよりモンスターが湧くのが早い。このままじゃ、池さんが命を投げだして守った皆が危ない……）

「安心しろや！　もう、てめえみてえな訳わかんねえ化け物がいる場所なんか、狩場にはしねぇよ！じゃあな、間抜け！」

——もうあの高さではどうすることもできない。

「……くそっ」

この区画から追い出すことはできたが、今まで犠牲になってきた人たちや、池さんの敵を討つことはできなかった。

元凶の魔物使いを、終わらせることができなかった。

(――でも、この結末に、どこかホッとしている自分がいる)

剣は握ったが、俺は果たして、あの男を斬れたのだろうか?

殺すことが……できたのだろうか――。

「――今は、一刻も早く公園に戻ろう」

池さんが守りたかったものも守れた。結果として、魔物使いをこの区画から追い出すこともできた。

この世界で生きる決意の再確認もできた。

でも、今、この瞬間俺の中を支配していたのは――。

得体の知れない苦味だけだった。

◇◇◇

〜『廃棄区画』から離れた郊外の山小屋〜


「ぁあああぁ！　くそがぁあああ！」

「ピュイィィ……」

「別にてめぇに言ってるわけじゃねぇ！」

あのクソガキ！　許さねえ！　この俺にあんな屈辱！

俺は何を安堵してやがったんだ、クソが！

この鳥《モンスター》が湧いてきやがった瞬間、あの間抜けから逃げ切れると確信した時。ありもしねぇ神のイタズラに感謝しやがった。しちまった！

あいつへの恐怖が一時《いっとき》、俺を支配しやがった！

「許さねえ、ステータスの使い方を他人に聞くような間抜けに俺が劣るなんてことは、あっちゃならねぇ！　そんなっ……奇跡みてぇなことは！　あっちゃならねぇんだよ！」

何も知らねぇ、他人よがりなクズに俺がここまでコケにされただと？

のこのこと餌場に運ばれるゴミの分際で？　他人に、人間に頼るようなクソゴミに？

「……許さねぇ」

存在自体が許せない。

ありえない形で、ありえない成り立ちで、あっちゃならないこの結果。

「――殺してやる」

だが……今は無理だ。無駄にてめぇの命張るほどボケちゃいねぇ。

別の餌場を探し出して、もっと力をつけてやる。

「せっかく、クズどもを掃除できる、好都合な狩場を台無しにしやがって」

殺してやる。あの男だけは、この手で殺してやる。

「……にしても、あの【鑑定士】野郎……噂じゃ、相手のステータスを見破る破格の性能と引き換えに、戦闘力は低い職業って話だったが……」

胸糞《むなくそ》わりぃがそうは思えねぇ。少なくともあの野郎は、あのオークを倒した。前の晩の様子から見て、野郎は俺がけしかけたゴブリン以前にモンスターを殺したこともないはず。

「居やがるんだよなぁ、半年間もてめぇのレベルに無関心なクソ情弱がよぉ……！」

尚の事、そんなヤツに敗けた事実にハラワタが煮えくり返りそうになる。

（許さねぇ……絶対に許さねぇ……！）

とにかく、レベル1だったとして……確かに、あのゴブリンどもを倒せば群れの討伐と換算されて、
俺のレベルも上回れるだろう。

事実、俺自身はあいつに勝てなかった。

「それにしても、だ」

いくら何でも、戦闘力の低い【鑑定士】でも倒せるほど、オークのレベルを凌駕していたなんてさ

すがにありえねぇ。

　レベル差があっても、戦闘特化のレア職業なら、オークに勝つのもない話じゃねぇが——。

「——いやぁ？　まてよ？　聞いたことがあるぜ……二つの職業《ジョブ》を、持ち得る存在」

　つまり、あいつはそういう存在か。それなら説明がつく。

「本当に、化け物……人間じゃねぇんじゃねぇか」

　なんだよ。こいつぁ、いい情報《みやげ》もらっちまったなぁ？

「この情報《こいつ》を引っ提げてあそこに行きゃぁ……俺は成り上がれる」

　なるほどなぁ。これは、少しは感謝してやってもいいかもしれねぇ。

「これで俺はもっと強くなる。赤の他人に縋るようなあんな間抜けなんかよりも、もっと上を目指せる」

　そう。他人なんざ、人間なんざ頼るもんじゃねぇ、縋るもんじゃねぇ。

　取り入り、利用し、エサにする。それが、それが真理ってやつなんだよ。

　そして、そいつを証明するために、知らしめるために——。

「——てめぇは必ずこの手で殺してやる。【鑑定士】ぃ！」

◇◇◇

「はっ……はっ……」

手足が思うように動かない、ぼやけた視界に頭も熱い。

自分が今どこを走っているのかもわからない。

「おい！　あいつはどこに消えた⁉　希少な検体なんだ、絶対に逃がすな！」

「くそっ！　見失った！　近くに『廃棄区画』もある、あそこに逃げ込まれたら厄介だ！　捜し出せ！」

明らかに何かを捜索する号令、怒号が耳に飛び込んでくると、頭の中で反響する。

思わず耳を塞ぎたくなるが――。


「――廃棄、区画？」


見知らぬ土地で、降って湧くアテ。

そこに行けば、助かるかもしれない。

逃げきれるかも、しれない。

「戦闘になったら用心しろ！　奴は異なる二つの職業のスキルを使う！　手強いぞ！」

「……くっ」

ふらつく頭で、重たい四肢を引きずりながら、終着がどこかもわからない目的地を求め。

永遠に続くかのような錯覚に陥りそうなほど、暗い夜闇を進む。

ただ、光を求めて。

#【第二章】出会いと因縁

「ほっ」

「ギャッ!?」

飛び込んできたゴブリンを袈裟《けさ》斬りに両断。

「……今日はこれで全滅みたいだな。この調子だと明日にはもう出なくなるか？」

戦闘態勢を解くと、池さんが遺した剣を鞘に納める。

「しっかし、まぁ。池さんの剣《こいつ》のおかげで随分と楽ができる」

この剣かなりの優れもので、血糊《ちのり》で全く傷《いた》まないのだ。なんというか、自動的に洗浄されてる感じ。

刀剣に関して、過去の経験上俺も多少の知識はあるものの、真剣なんて触れてこなかった素人の俺では、手入れもできない。

ほんと、池さんには感謝だ。

「……あれから、もう五日経つのか」

魔物使いに逃げられた後、俺は池さんが命を懸けて守ったホームレス仲間たちがいる公園へと戻った。

すると、やはりオークとの戦闘の影響で公園の周辺はモンスターが出現していた。

聞く話によると、どんなにボロくても家の中には入ってこないらしく、皆をそれぞれの住処に避難させたあと、周りのモンスターを狩りつくした。

ゴブリンが五体もいたが、五体ともレベル1だったので、オーク戦後の疲労状態でも瞬殺できた。

あのオークに比べればかわいいもんだ。

そのことを彼らに伝えると大層喜び、池さんの死を伝えると大層悲しんだ。

魔物使いの悪行を知っているのは池さん一人だったらしく、彼らは何も聞かされていなかったという。

黙っておいたほうがいいかとも思ったが、守られた彼らにもまた知る義務があると思い全てを伝えた。それぞれ思うところはあったようだが、割愛しよう。

結果として、池さんが皆を守ったというのも、皆が池さんに感謝しているというのも、紛れもない事実なのだから。


それで、その話は終わりだ。


その日、俺は池さんの住処を使わせてもらった。

ところがその翌日。なんと、またも公園の周辺でゴブリンが現れたのだ。しかも数は十体と前日の倍だ。

考えてみれば前日、湧いたモンスターを倒すのにスキルを使っていたから当然と言えば当然の結果。

『モンスターは、スキルの力に引き寄せられる』

俺がこの世界で知る、数少ない真実。

以前、公園にモンスターが湧いた時の話では、自然に居なくなるまでひと月もかかったという。

またそんな気の遠くなるような籠城《ろうじょう》を強《し》いられるのかと、皆、頭を悩ませた。

俺もこのじり貧な状況に困惑し、皆と共に一時避難した。

そして、半日ほど悩み、考え、俺はとてもシンプルな検証を思いつく。

『手加減してみよう』

モンスターにしか知覚できない何かがあって、それでスキルの発動を嗅ぎ付けて引き寄せられて来るのであれば。その『匂い』を薄めてやればいい。

ゴブリンやオークとの戦闘で、スキルの使用にも加減が利《き》くというのを俺は感じていた。

要するにスキルを意識的に発動しない……いや、正確にはスキルの出力を意識して絞り、戦う。

そんな、武器とステータス任せのごり押しともいえる戦法で、モンスターに後れを取らないかと、自分でも少しばかり心配だったが……。

かなり力を抜いても、池さんの剣は一振りでゴブリンを両断した。

魔物使いが操っていたゴブリンよりも、さらに動きが単調だったこともあり、その作業を十回繰り返すだけでその日は片が付いた。

そして翌日。湧いてくるモンスターの数は十体から七体に減っていた。さらに翌日には初日の五体にまで減った。

これで、『スキルの使用を加減すれば、モンスターは湧きづらくなる』ということが立証された。

そこで俺は、モンスターの生態を知るため、さらにいくつかの検証を行う。

その結果として、俺が現状知るのは――。

一、ゴブリンが出現するのは朝六時と時間が決まっている。
二、公園を中心にその周辺で出現。場所はその日によってバラバラ。
今のところ、公園内で出現したことはない。公園内の生活圏内は安全地帯。
三、住処には侵入しないというより、行動範囲が決まっている。
四、一つの群れを殲滅すると、その日はもう出現しない。
五、モンスターの死体は一晩経つと消える。

こんなところだ。

何故か公園内には出現しないことや、行動範囲なんかは、もっと早く気づけていれば、前回一か月も籠城せずに済んだのかもしれない……いや、データが圧倒的に少ないうえに不確定要素は多い。今のところ、この周辺に出現するゴブリンにのみ該当する検証だし。オークを倒した直後、最初に現れたのがゴブリンでなく、鳥型のモンスターだったのも不可解だ。

まだまだ色々検証してみたい気持ちもあったが、現状、公園内に出現しないとはいえ、目と鼻の先に、命を脅かす化け物がうろついている状況は、みんなを確実に疲弊させる。

その過度なストレスが、前回籠城した時のような状況を作ってしまったというのもあるのだろう。なにより、いつ、この法則が崩れるかもわからない。

一旦検証を切り上げ、俺は公園の皆の不安を一刻も早く取り除くことを最優先にした。

その後も幸い、レベル5以下のゴブリンしか出現しなく。何より、池さんの剣が強力なので、難なく今日まで生き残ってきた。


「――さて、と」

さっきの一体が群れの最後。

といっても今しがた倒し終えたのは群れとも呼べない、たった二体だけのゴブリンだけど。

「おーい！　みんな、もう出てきて大丈夫そうだ！」

今まで時間差での出現などは一切なかったので、今日もこれでお終《しま》い。

ゴブリンを倒した雑木林《ぞうきばやし》から公園に戻り、モンスターが居なくなったことを大声で伝えると、皆それぞれの住処から這い出て陽の下に出てきた。

すると代表するように、池さんと一番の古い付き合いである、山《やま》さんが口を開く。

「ありがとうな兄さん。ケガはなかったかい？」

山さんはとても穏やかな人だ。物言いにトゲがあった池さんとはまた違う味がある。

「ああ。この通り、無傷だよ。それより礼は言いっこなしだって言ったろ？　俺が無傷でいられるのは皆が作ってくれた装備のおかげでもあるんだ」

池さんの死を皆に伝えた後初めて知ったのだが、池さんを始めとするここの全員が、元は様々な工芸の職人だったらしい。

池さんは、自分と同じく一線を退き、行き場をなくしたような人間を積極的に仲間として迎え入れていたそうだ。

池さんの剣が収まった鞘も彼らの作品だ。元々が職人だったこともあり、彼らの職業《ジョブ》も多くが生産職ばかりで腕もいい。

「それに、今日はゴブリンが二体だけだったからな。もう明日には出てこなくなるんじゃないか？」

「そうかそうか。前にバケモンどもが出てきた時は、ひと月ほども隠れ過ごしていたもんだから、お前さんには頭が上がらんな」

確かに、そんなことが二回目もあったとしたらとても耐えられないだろう。

そういった理由から見ても、池さんがあの魔物使いの脅しに屈するしかなかったのも、仕方なかったのかもしれない。

「――いや、だからって拝むのはやめてくれよ、山さん。お互い持ちつ持たれつなんだってば」

そう言いながら、俺の肩から垂れる頑丈かつしなやかな革張りと、高密度で軽量な鎖帷子《くさりかたびら》が裏地に縫い込まれた外套《がいとう》を、彼らに示すように叩く。

こいつはゴブリンの爪や牙、棍棒での攻撃でも全く歯が立たないくらい丈夫で。今の俺のステータスなら、全く気にならないほど軽い。

それに羽織っているとなんとなくかっこいいという逸品だ。

ちなみに、装備が増え、今日までそれなりの数のモンスターを屠《ほふ》ってきた俺の今のステータスはというと――。

名：――――。
レベル：12
種族：人間
性別：男
職業《ジョブ》：
□基本職業《ノーマルクラス》□
【逃亡者《とうぼうしゃ》】

【精神掌握者《メンタリスト》】
【鑑定士《かんていし》】
【解体師《かいたいし》】

武器：ショートソードＣ＋（無名）
防具（飾）：レザーマント（改）

攻撃力：８９
防御力：９２
素早さ：１２３
知力：７９
精神力：１１５
器用：[redacted]
運：２３

状態：ふつう
称号：無し
所有スキル：

平面走行　LV.3
立体走行　LV.3
走破製図　LV.1
洞察眼　LV.2
読心術　LV.1
精神耐性　LV.3
目利き　LV.1
弱点直勘《じやくてんちよつかん》　LV.1
弱点特攻《じやくてんとつこう》　LV.1
ドロップ率上昇　LV.1

ユニークスキル：《器■■之》

こう見ると、変わったのは装備品だけ。

俺自身のレベルも、スキルのレベルも、オークを倒した直後から変化はない。

この数日間、毎日ゴブリンを倒し続けてきたにもかかわらず、変わり映えのしないパラメーターなのは、相手のレベルも低く、日に日に数も減って、取得する経験値とやらが少ないからだろう。あと恐らくだが、スキルも出力を絞った使用では熟練度が蓄積されないのかもしれない。

ついでに言えば、ユニークスキルも相変わらず表示がおかしい。

というか、ユニークスキル《これ》に脳のリソースをさくのはもうやめた。


『ユニークスキルは希少で強力』

そう聞いたが、その情報もあの魔物使い発信なので正直あてにはしていない。

役に立っているのかどうか謎なスキルである。


……おっと。閑話休題――。


「――いやいや、まだまだこの恩は返しきらんて……おお、そうだ。うちの若い連中から、その外套に少し改良を加えたいという申し出があってな。少し預かってもよいかな?」

「改良、か……断る理由もないし、俺としてもありがたいよ。お願いしようかな」

「そう言ってもらえると、連中も喜ぶよ。皆、兄さんの役に立ちたいと思ってるからね。使ってほしい相手に使ってもらえるのは、職人冥利に尽きるだろうさ」

「大げさだなぁ」

少しくすぐったいような気がして、頭を掻きながら山さんに外套を渡し一旦別れ、公園の外れへと足を向ける。

「――おう！　兄さん、今日も世話になったなぁ。鞘の調子はどうだ？」

「ああ。しっかり収まってるよ。ガタもないし、手元も滑らない」

「へへっ……あの人の剣を差してもらえるとはよぉ……それをあんたに使ってもらえるなんて、こんなに嬉しいことはねぇ」

……魔物使いの一件以来、どうにもここの人たちは俺のことを……なんというか、神格化しているような節がある。名前がこの世から消えてしまったという摩訶《まか》不思議なエピソードもそれに拍車をかけている気がする。

「やあ。兄さん。見てたよ。バケモンどもを真っ二つにするの。惚れ惚れしちまう手際だったね」

「吉田《よしだ》さん。池さんの剣がすごいんだよ」

「仕事も一流なら、振る舞いも一流だねぇ……そうだ。あとで俺んとこに来てくれよ。試作のモンを当ててみてほしいんだ――」

今日もモンスターがいなくなり、皆思い思いに外に出て過ごしているのを見届けると、この五日間すっかり日課になっている池さんの墓参りに足を運ぶ。墓といっても、そんなに大げさなものでもない。

魔物使いと戦う前に、池さんが祈りをささげていた墓石、その傍らだ。

「……池さん。今日も誰も傷つかず平和だよ」

池さんの好きだったカップ酒をはじめとし、いくつもの供え物が置かれて、もはや華やかな雰囲気さえある。

あまり派手好きでない池さんが苦笑いしているのが目に浮かぶ。

「きっと明日には、目途がつくと思う」

こうして、彼が命を懸けて守った仲間の近況を、毎日報告している。

そして今日は。

「……モンスターが湧かなくなったら、俺はここを出るよ」

一足先に別れを告げに来た――。

「バ、化け物が出たぞぉーー！」

――つもりだったんだがな。

◇◇◇

「モンスターが出たのか⁉」

『化け物が出た』という大声を聞き、池さんの墓参りもそこそこに公園の広場に戻る。するとそこには、仲間たちに囲まれた山さんと、疲弊しきった大声の主が居た。

「あぁ、兄さん……すまないね、騒がせちまって」

「いや。それより、化け物が出たって」

山さんが介抱するように寄り添っている姿に目を向けると。

「き、聞いたんだ」

「聞いた？　なにを？」

呼吸の荒い彼を山さんが何とかなだめ、落ち着くのを待つと、口を開く。

「今まで聞いたことがねぇような、でかい図体《ずうたい》から出てくるような、唸り声を……間違いなく人間のものじゃなかった」

唸り声。モンスターのものだろうか。

ゴブリンの討ち漏らしがあったということか？

「……その声はどこから？」

これだけ怯えているんだ。もしモンスター《そいつ》が居たとしたら、この反応は、イコール脅威度につながると思って動いたほうがいい。

万が一、魔物使いが使役していたオークのような怪物だったら、一刻も早く倒さないと。今までのモンスターは建物の中には入ろうとしなかったが、大型で強いモンスターもそうだとは限らない。

「あ、あの入り組んだ路地がある……廃工場がある辺りだ。近づいちゃいないが、そっち方面に向かって日課の散歩をしていたら……」

声が聞こえた、と。廃工場というと、魔物使いと戦った場所、だよな。

どうやら俺はあの場所に妙な因縁があるみたいだ。

「ごめん、みんな。もしかしたら討ち漏らしがあったのかもしれない……山さん、悪い。さっき渡した外套、返してもらっていいか？」

今まで通りゴブリン程度のモンスターなら必要ないかもしれないが……どうもそうはいかない予感がする。

「ああ。それならまだ手は加えとらんが……行くのかい？」

まだ山さんの手元にあったらしく、外套を受け取るとすぐさま羽織って留め紐を結ぶ。

「うん、行く。気づいた異常にはすぐ対処したい……最善を尽くしたいから——」

起こった事象の流れのままに身を任せるなんて、まっぴらだ。


もし……もし、だ。

池さんを介して魔物使いと初めて接触した時。あの時、情報欲しさに案内されるまま後をついて行くだけではなく、奴の本性に気が付けていたら。

池さんの、どこか様子がおかしなところに少しでも気が付けていたなら。

違う結末が待っていたかもしれない。

「——もう、誰も死なせない」

職業《ジョブ》を獲得する前の俺に、何ができたのだという話だが……けど、今は違う。

「……すまないね。兄さん一人に背負わせちまって……気を付けてな」

その言葉に軽く頷くと、スキルの出力を抑えつつ現場へと走りだした。

◇◇◇

「はぁっ……はぁっ……ここ、って、なに？」

一晩中休まず動きっぱなし。一体ここはどこなんだろう？

高い塀で区切られた、迷路みたいに入り組んだ路地に、飾り気のない建物群。

人気《ひとけ》がなく閑散としている。

「お腹、空いたな……あ」

言うや否や、お腹が鳴ってしまう。こちらの意思など無視して体が反応してしまった。

「うぅ……はぁ」

思わずポツリと口にしてしまったのを少し後悔。

喉もカラカラだけど、それまで口に出してしまったら、さらに意識してしまう。

「今、何時くらいだろ……」

緊張状態が続く中、いつの間にか日の出を迎えていて、時間感覚がまるでアテにならない。

「……お昼、前？」

太陽はまだ真上じゃない。気温も上がりきっていないし、午前の中頃だろうか。

「もう、追いかけてきてない、よね」

それを判断する術はない。

ないけれど、体力はもう限界で――。

「疲れた……」

塀の迷路の真ん中で座り込んでしまう。

「ここが、『廃棄区画』なのかな」

改めて辺りを見渡す。

視界が低いから、塀に阻まれてわかりにくいけど。

雰囲気だけなら『廃棄区画』という名称がぴったりあてハマりそ――。


「――ャ」

「え？」

今、なにか聞こえた？　あの曲がり角から――。

「ゲギャォォオオォ！」

「っ！」

ぼんやりと、物音の発生源に考えを巡らせていると、異形《いぎょう》の鳴き声が響き渡る。

「モ、モンスター!?」

だとすれば座り込んでいる場合ではない。

声の近さから、およそ数十メートルの距離。

「今は、とても戦えない……っ」

一度緊張が途切れてさらに重く感じる四肢に鞭《むち》を打ち、何とか立ち上がる。

声の聞こえた方とは反対方向に駆け出す直前。

「――っ!」

先の見えない曲がり角から、人ならざる大きさの手が伸び、ブロック塀に鋭い爪を食い込ませるのが見えた。

ブロックに容易《たやす》くヒビを入れる膂力《りょりょく》。それだけ見届け、視線を切り、背を向け足を踏み出す。と――。

「ゲギャハ!」

「! ゴブリン!?」

塀を掴みヒビを入れる大きな手の主、ではなく。振り向いた先に一体のモンスター。

「な、なんで」

「ギャッヒヒヒ!」

突然の遭遇に体が硬直。それを嘲笑《あざわら》うような反応に嫌悪感を掻き立てられた。

嫌な笑い声を上げながらこちらへ飛び掛かると。

「ギャベッ!?」

ゴブリンの頭部は消し飛び欠損。着地することなく地に落ちる。

「力は、使いたくないのに――っ!」

全身に巻き付くような倦怠感が、さらに増す。

たまらず膝に手をつきながら、背後に気配を覗かせていた存在を思い出し振り返ると。咆哮の主はその全容を現し、こちらを見据えて立っていた。


「――ゴブリン、ジェネラル……!?」

見たことはないけど、聞いたことはある。特徴も当てはまる。

群れを指揮するタイプの、ゴブリンの上位種。戦闘力も相応のモンスター。

何でこんなモンスターが白昼堂々と出てくるのだろうか。

「……」

あまり力を使うと、痕跡を追ってこちらにたどり着くかもしれない。

「……『躁玉《そうぎょく》』」

「ゲグゥ?」

でも、こんな迷路みたいな場所で、逃げきる体力も残されていない……もう一度やるしか――。

「――っ!?」

途端、ひどい脱力感が全身を襲う。

「あ……れ？　力が……まさか、MP切れ《マインドダウン》？」

なんてことだ、迂闊にもほどがある。重要なところで、確認を怠った。致命的なミス。

「はぁっ……！　はぁっ……！　立て、ないっ」

敵前でへたり込んでいてはただの的《まと》。


動かなきゃ、動かなきゃ、動かなきゃ。


「……ゲギャガァ」

立てないでいると、ゴブリンジェネラルは一声鳴き、離れた所からこちらを囲うように手下のゴブリンを呼び出す。

「弓、兵……」

不格好で粗悪そうな弓。だけど動かない的を射貫くことくらいはできる。

(死んじゃうの、かな……)

数秒後に迫る、あまりに現実感のない死の恐怖。

声を出すことも、立ち上がることもできず、膝を折り待つだけ。

「やっ……やだ……！」

意味もなく何とかひねり出した声は、子供の駄々のような懇願。

（誰、か……！）


終わる自分が受け入れられなくて、居もしない誰かに助けを乞う。

でも、心はもう諦めていて、強く瞼《まぶた》を閉じ、目を背ける。

食いしばるも震えで歯は噛み合わず、吐き気を催すほどの死への恐怖は少しもマシにはならず。


矢を放つ弓弦《ゆみつる》の、乾いた音が鳴る。

これが、私が最期に聞く音なんだと。ぼんやりと思った――。


「――大丈夫か？」


（……ぇ）

来るはずの、殺意を纏った矢たちは、一向に、私の体へ到着せず。

代わりに、今度は声が耳に届く。

久しく聞いていない気がする、人の。

男の人の、気遣うような、穏やかな声。

「――あな、たは……？」

MP切れ《マインドダウン》で眩《くら》む目を開け、何とか視認できたのは、背中。

翼のようにはためく外套を纏って、私の前に立つ背中。

「――ここに居てくれ」

そう言いながら、私の体を外套で包むように肩にかぶせてくれ、駆け出した。

輝きに目を細めるように、私はその背中を見ていた。

◇◇◇

「――廃工場が近い。この辺りか」

公園から数分走ると、ろくな思い出のない廃工場がある『廃棄区画』へと足を踏み入れる。

目撃……はしていないが。証言者によれば、モンスターのものと思《おぼ》しき声は、『廃棄区画』の外から聞こえたという。

『ゲギャォォオオォ！』

「……なるほど。この声か」

確かに、公園で聞いた話の印象通り。今までのゴブリンなんかとは一線を画す不吉さを孕んだ鳴き声だ。その場で足がすくんでしまってもおかしくはない。

「さて。どう探すか」

ちょうど『廃棄区画』の入り組んだ迷路が始まる境目で一考。『走破製図』でマッピングされているのは、魔物使いのゴブリンたちと戦った周辺。それと、オーク戦前後の道順のみ。

『廃棄区画』と呼ばれる区域全体を、完全に把握しているわけじゃない。

「反響してわかりにくいけど、多分近い……でも、闇雲に突っ込むのも危険だな」

ゴブリンから逃げ惑った時よりレベルも上がり、頼もしい装備も増えた。

けど、いつだって本当の脅威は自分の体験のその先。未知の体験との遭遇にある。

「不意打ちを食らうのは御免だ。倒すなら、先手を取るのは前提条件」

俺が知っている世界は狭すぎる。ビビりすぎでちょうどいいんだ。

「――この建物から様子を窺うか」

手近な建物に侵入し階段を上る。

見晴らしのいい階まで来ると、窓越しに迷路のように入り組んだ路地を見渡す。

「多分あの方角から鳴き声が聞こえてきたはずだが……」

他の建物も背が高いから、死角が多く全てを見渡せるわけじゃない。何より、こうして俯瞰で見ても尚、道は異様に入り組んで全容が掴みにくい。

「……ん？」

だから、こんな迷路みたいなところで見つけられたのは、奇跡に近いだろう。

「人が、襲われている⁉」

路地と建物の隙間から途切れ途切れにしか見えないが、鳴き声の主と思われる大きな何者かの影と、誰かが向き合っている……と思う。


「――っ！」

気が付けば、無意識のうちに窓を破り、飛び出していた。

(時間が惜しい)

建物の七階から身を投げ出し、視線を巡らせる。

(最短で近い建物に跳び移る――)

敵の脅威、スキル使用の影響。懸念事項は山積み。ここで飛び出すなど、およそ論理的な行動ではない。

ではないが、ここで動かない理由には、ならない。

今は駆けろ。後のことは置いていけ。最短で、最速で――。

「――たどり着く！」

幸い、この区画は建物同士が隣接している。走行スキルを全開に駆使しながら、直線に進みつつ高度を落とす。この外套のおかげで無理な受け身も取れる。

(……見えた！)

十秒足らずで路地の塀の上まで降り、飛び移りながら前方を見ると。少し開けた場所で小柄な人影がモンスターに囲まれているのが確認できた。

(周りの物陰に隠れているのは……ゴブリン？)

しかも弓矢らしきものを持っている。

「まずい……！」

さらに走行速度を上げると予感は的中し、人影を囲むように矢を番《つが》え構えるゴブリンたち。

(間に、合え！)

一斉に放たれる矢と、へたり込む人影の射線上に滑り込む。

その刹那《せつな》、体の大きい個体と視線がぶつかり――。

「「――っ！」」

祈るような思いで、外套を掴み薙《な》ぐように翻《ひるがえ》し――。

(――は……弾けた)

飛んできた矢は、俺たちを射貫くことなく、アスファルトを転がった。

弓を使うモンスターを相手にしたことはなかったから、矢を防げるか確証はなかったが……。

(ありがとう。みんな)

外套を作ってくれた公園の皆に感謝し。

内心の動揺を出さないように、刺激しないように背後の人物に声をかける。

「──大丈夫か？」

「──あな、たは……？」

若い女性の声だ。

フードを目深《まぶか》にかぶっているので表情は窺い知れないが……。

余程《よほど》怖かったのか震えている。でも、幸い目立った外傷はない。

(……それにしても今のゴブリンの動き)

特に緊急性の外傷もないなら、彼女への追求は後回し。現状の最優先事項へと向き直り思考する。

(一体だけ居るデカいやつ。あいつの指示で動いたように見えた……モンスターがモンスターを指揮する、か)

魔物使いのゴブリンと戦った時も挟み撃ちにされたことはあったけど、あれはスキルの力で操られたモンスター。

でも、むしろ今のゴブリンたちの動きは、より統制が取れているように見えた。飛び込む瞬間まで『洞察眼』で見ていたからわかる。

(……今はとにかく、こいつらを倒さないと)

また、いつ矢が飛んでくるとも限らない。外套は女性に装備させ、俺に関心が向くようモンスターたちへと駆け出す。

(――でかいな。外見はゴブリンによく似ている。『目利き』)

名：？
レベル：18
種族：ゴブリンジェネラル
性別：？

攻撃力：？
防御力：？
素早さ：？
知力：？
精神力：？
器用：？
運：？
状態：ふつう
称号：？

所有スキル：？？？

ゴブリン、ジェネラル……なるほど。やっぱり奴が周りのゴブリンを指揮しているようだ。

そしてあのオークよりレベルは上か。

（相手は俺よりもレベルが上。数も揃えてきて統率が取れている）

今は、池さんもいたあの時と違って、力も付いた。体力にも余裕がある。後ろの女性を担いで逃げることも、できるかもしれないが……。

（危険な個体。逃げた方向から公園の位置を勘繰《かんぐ》られると面倒だ）

普通のゴブリンたちと同じように、建物には侵入してこないという定石《じょうせき》が当てはまるかも怪しい。

危険な芽は、摘《つ》めるうちに摘む――。

（――何より）

今はそんな論理的な思考を押しのけて。

自分の中に芽生えつつある闘争の意思が膨れていくのを感じていた。

危険な判断だとわかっていても、手が剣を握り込むのを止められないんだ。

（ついさっき、ビビり過ぎがちょうどいいなんて思っていたのにな）

僅《わず》かな迷いを断ち切るように剣を抜き放ち。

「いくぞ！　ゴブリンジェネラル！」

宣戦布告し己の体を奮い立たせ、ゴブリンジェネラルとの距離を詰めていく。

（今回も、敵は二足歩行）

見逃すな、体の開き、重心の動き、目線。

（その先に生まれる隙を斬る！）

切れる手札を全て切れ。

「左腕の刺突……！」

「ゲガァアア！」

（オークより数段鋭い攻撃……けど、読んでいる動きなら避《よ》けられる！）

【精神掌握者《メンタリスト》】の『洞察眼《どうさつがん》』で行動を先読み、躱《かわ》して――。

「……そこだ！」

【解体師《かいたいし》】の『弱点直勘《じゃくてんちょっかん》』で狙いをつけ、『弱点特攻《じゃくてんとっこう》』で叩く。これが今の俺の最大の戦法。池さんの剣の攻撃力なら、まず間違いなく大ダメージを与えることができる。

（もらった！）

攻撃後の硬直で無防備になった脚部めがけて刃を振るう。

「ギャウ……!?」

（！　なんて反応しやがる……！）

完全に虚を突いた一撃。

足を斬り飛ばすビジョンまで見えていたが、直前で重心を落とし浅く太ももを斬り裂くに留《とど》めた。

機動力を削ぐにしても小さすぎるダメージ。

（俺の剣捌《けんさば》きがお粗末なせいか……）

身体能力が向上しても、帯剣しての立ち回りに関して圧倒的な経験不足。

スキルで補えていたつもりの弱点を、奴のポテンシャルが上回る。

（長期戦は、やばそうだな）

『洞察眼』は対象の心理状態、その先に繋がる肉体の動作を読み解く。

ゴブリンジェネラルの初動、その端々には余裕という傲慢さが垣間見えていた。

警戒の薄い初手で、勝負を決定づける致命打を負わせておきたかったが……。

（小さいにしても、ダメージはダメージ）

果たして、モンスターのこいつがこちらの手の内を察し、警戒を強めるか。

否か――。

（考えたところで……！）

【精神掌握者《メンタリスト》】と【解体師《かいたいし》】のコンボが現状の最適解。これに変わりはない。

最悪、頭部を守れるように、剣を上段気味に構え慎重に間合いを詰める。

「――ギシャッ」

「右腕、爪の振り下ろし！」

見える。変わらず見切れる。警戒はまだ薄い。がら空きの胴、うまく入ればこれで決ま――。

「ゲギャッ！」

「!?」

晒された隙に視線が吸い込まれていると。

ゴブリンジェネラルの巨体の陰から、棍棒を持ったゴブリンが飛び出す。

「ぐっ！」

その奇襲に反応できず、頭部に棍棒の打撃をまともに食らってしまった。

「こ、のっ！」

軽く態勢を崩し、不格好ながら反撃の剣を振るう。

だが、お粗末な攻撃はゴブリンを斬り裂くことなく躱された。

(あの図体に俺から見えないよう隠れて……いや、潜ませて、わざと隙を見せたのか？)

こちらの防御力が上回っていたのだろう。出血はあるが、体感的にダメージは少なく、意識を持っていかれることもなかった。

(でも完全に、してやられた)

モンスターの知性を侮っていたしっぺ返し。奴は、こちらの戦法を見破るどころか利用した。

(——どうする)

ゴブリンジェネラルに『洞察眼』を使っても、その陰にゴブリンが隠れていたのに気づけなかった。

ゴブリンジェネラル自身の攻撃じゃない分、動きのクセが殆どない。

それに、奇襲を受けた一瞬では『洞察眼』の読みも間に合わない。体が反応できない。

先読みするだけで、俺自身の反応速度が上がるわけじゃないんだ。

(このコンビネーション、厄介すぎる……)

純粋な攻撃力ならオークのほうが上かもしれない。けど、こいつは個の強さだけじゃない、自分の配下を使う知略がある。戦いの駆け引きを、知っている。

(それに愚鈍なオークより数段速い。正面切っても打ち負ける、隙を突いても誘われる……)

徐々に思考は沈んでいくが、モンスターは待ってくれない。

ジェネラルの陰から出てきた奇襲ゴブリンはまた身を潜め、先ほど矢を番《つが》えていたゴブリンも気付けば姿が見えなくなっていた。

その周辺には折れた弓が落ちている。

(さっきの弓、見るからに粗悪な代物だったから、一発でお釈迦《しやか》になったんだ。じゃなきゃ俺はもう射殺《いころ》されている。後ろの女性のもとへ行った様子もない……はず)

となると、さっきの隙を突いた俺の攻撃。隙を突いた隙。

それを刈り取る奇襲作戦が有効だと判断し、俺を殺しにかかっているんだろう。

(くそっ！　正解だよ！　俺はそれに反応できない……っ！)

ゴブリンジェネラルは俺の動揺を見透かしたように、先ほどと同じような大振りの刺突を繰り出す。

誘いの一手だが、その攻撃を剣で受けるような技量は俺にはない。どうしても見せられた隙に踏み込んでしまう。踏み込まなければ、こちらがダメージを負う。

(右肩！　通れば斬り落とせる、けど――)

さっきの奇襲が頭をよぎった。

「くっ！」

また攻撃時に叩かれるのを恐れ、悪手とわかりながらもその場から飛び退《の》く。その先に——。

「ゲギャッ！」

「なっ⁉」

飛び退いた先の物陰に、ゴブリンが待ち構えていた。

（さっきの弓矢の奴か！）

着地直前の無防備な俺に棍棒が襲い掛かる。

「！」

だが、動揺で俺の体勢は崩れ、たまたま攻撃を躱す形となった。

「ぁあっ！」

「ゲッ⁉」

その不格好な状態でがむしゃらに剣を振り、奇襲ゴブリンに致命傷を与える。

「はぁっ……！　はぁっ……！」

（やばい。これは、やばいな……）

飛び退いた先に居たのは偶然だろうが、間違いなく、あと数体潜ませている。

今攻撃が当たらなかったのも、全くの偶然だ。そのことも、ゴブリンジェネラルには割れているだろう。

俺の得意とする、避けて叩く戦法を完全に封じられて勝てるのか？

いや、何より——。

「――今の俺の力で勝てるのか」

ゴブリンジェネラルの刺突を避けた時、俺に最少の動きで躱す体捌《たいさば》きの技術があれば、初手で完全に相手の虚を突くことができたはずだ。

隙を突き剣を振るった時。もっと鋭い剣速で斬撃を振り抜いていれば、致命打を与えることができたはずだ。

ゴブリンの奇襲を受けた時、対処できる反応速度が備わっていれば攻撃を避けることができたはずだ。

池さんの剣がいくらすごくても。それを持つ俺がこんなんじゃ、所詮は素人のチャンバラ――。

「――まだ、俺は逃げていたみたいだな」

動きを読んで攻撃を避ける？

隙を突く？

相手の出方を窺って？

「ちがうだろ。今必要なのは――」

刃が降りかかるなら受け流せ。

虚《きょ》を突くなら突き崩せ。

勝機《しょうき》は自分で切り開くんだ。

後退などない、進む足を止めるな。


「……攻め込む、力」

——思えば、ゴブリンの時も、オークの時もそんな予兆はあった。

確信に近いものはある。引き出すんだ。今の俺から。

今までの俺から絞り出せ。

「打ち勝つための力……！」

《【器…貧…】…発動…件を満…………た。上級職業《ハイクラス》：【剣闘士《グラディアトル》】獲得》
《近距離剣術《きんきょりけんじゅつ》　LV.3　獲得》
《体術《たいじゅつ》　LV.3　獲得》
《武具投擲《ぶぐとうてき》　LV.3　獲得》
《直感反応《ちょっかんはんのう》　LV.3　獲得》

（応えるか。この場面で。俺の意思に呼応して）

気になることは沢山あるが、考え事は後回しだ。

（……馴染む、よりしっくりと）

幾分か軽くなった剣を左右に持ち替えながら、その感覚を試していると。

「ゲゴァア！」

今度は腰に差した鉈《なた》のような剣を引き抜き、おなじみの戦法を仕掛けてくるゴブリンジェネラル。

（今ならわかる。剣の重心を基《もと》とした足運び、体捌き。この感覚と『洞察眼』を合わせれば――）

鉈の刃先から腹へと撫でるように下方へと受け流し、地に沈め。

「ふっ！」

さっきよりも研ぎ澄まされた剣撃は、弱点特化スキル二種の加護を受け。

一息の呼吸と共に返す刃で、ジェネラルの片腕を容易に斬り落とした。


「ギャガァァァアア!!」

叫びを上げるゴブリンジェネラルの陰から二体、ゴブリンの奇襲――。

「ギャッ？」

その全体が見える前に察知、反応。腕を掴み引き寄せた勢いで首元に刃を立て両断。

もう一体は棍棒を振りかぶる腕を鋭い剣速で両断し、側頭部《そくとうぶ》にハイキックをめり込ませ首を折り蹴り飛ばす。

剣技だけじゃない。『体術』のスキルにより、殴り合いにおける身体の扱いも身に付いた。

より効率的に、効果的に。

「ギィギャァアァ！！」

その背後で、腕を落とされ逆上したゴブリンジェネラルは、ひと際大きな咆哮を上げ、背を向けた俺に激しい殺意を剥き出しにする。


「――さっきの一撃。効いたよ」


おかげで目が覚めた。力も得た。

「決着をつけよう、ゴブリンジェネラル」

振り向き、ゴブリンたちの指揮者を見据えながらそう宣言すると。

さらなる大音量で響き渡る、ゴブリンジェネラルの咆哮。


『奴を殺せ』


言葉は通じないが、そう叫んでいることだろう。

「「「ゲキャァーーー！！」」」

どこから湧いて出たのか、俺を包囲するようにゴブリンたちは突進してくる。

全部で五体。小細工を捨てた数での圧殺。戦術の切り替え、思い切りの良さは流石だ。

「だったらこっちも、先手必勝だ」

一体に向かって勢いをつけ跳躍。両足を肩にかける。

「グゲ⁉」

跳躍の勢いのままゴブリンの頭部に剣を突き立てる。

刃先は顎元へ抜け、絶命し、足から崩れ落ちる前に迫りくる二体目へ蹴り飛ばす。

「ギャ！」

同胞の死体で一瞬視界を遮《さえぎ》られたゴブリンを、死体ごと剣で貫き、横薙《よこな》ぎに斬り裂きながら振り抜く。

この一瞬を隙と見たのか、いつの間にかゴブリンジェネラルは背後に接近し、鉈を振り下ろしていた。

「――わかってたよ」

直感的に反応していたから。

反転し振り向きながら、先ほどしたようにその太刀を受け流す。

しかし受け流されることがわかっていたのか、今度は即座に鋭い牙での噛みつき攻撃に転じていた。

だが――。

「それも、直感していた」

頭部丸ごと食い千切らんとする凶暴な攻撃を、前傾《ぜんけい》に踏み込み、それも躱《かわ》す。

巨体の真下に潜り込み、屈んだバネを利用し剣先を突き上げ。

「ギャォォア……アガ！」

腹部を深く貫く。

が。ゴブリンジェネラルはひるむことなく、鉈を捨てた手でこちらの体を捕らえようとする。

「この、闘争心……！」

剣を引き抜きつつ、すり抜けるように足を運びながら振るう斬撃。

奴の残った手首を斬り落とす。

その一瞬。間合いが開いた瞬間。またしてもゴブリンジェネラルの背後から二体のゴブリンが飛び出し奇襲を仕掛ける。

その左右同時の攻撃を、反撃の隙も与えず、片方は軽く一閃で胴を両断。片方は頭部を掴み地面へ叩きつけた後、とどめの剣を突き立てる。


（――残りの一体は？）


この局面でゴブリンを一体残しておいても、意味がない。ゴブリンジェネラルも、それはわかっているはずだ。

今の奇襲で三体けしかけたほうがまだ勝算はあった。

つまり、それ以上の役割を――。

「！」

後方で座り込んでいるであろう女性の方を振り返ると、残り一体のゴブリンが女性の近くまで接近していた。

(人質を取る気か!? 今の二体は囮《おとり》……! こいつら、そんな知恵まで……!)

疲弊《ひへい》しきったあの様子では、何の抵抗もできないだろう。

駆け出しても間に合わないと判断した俺は。剣を振りかぶり――。

「シッ!」

「グギャァッ!?」

『武具投擲』。

スキルで強化された剣の投擲は、ゴブリンの心臓を貫き、その場に崩れ落ちた。

「間に合った……」

安堵《あんど》も束《つか》の間、背後からは絶え絶えの息が聞こえてくる。

無論その息の主はゴブリンジェネラル。

片腕を失い、もう片方は手首より先を斬り落とされ、腹を貫かれている。

それほどまでの手負いで、まだ、武器を手放した俺を見て勝機を見出《みいだ》しているんだ。

(こいつらモンスターの、この異常なまでの殺意……闘争心の原動力は、何なんだ……?)

俺は目の前のゴブリンジェネラルを見て初めて、モンスターに対し『害をなす存在』という認識以外の関心を持ち始める。

モンスターという生物の存在に対する漠然とした疑問。戸惑い。そして、次の瞬間。

それらの疑問、疑念はさらに深まる――。


「ワ…ナ……イド」

「……え？」


これは、声？　まさか、言葉？

ナ？　名!?　ゴブリンジェネラルの……こいつの？

いやそれより、モンスターがしゃべっている!?

「!?」

「ワ、ガ……ナハ……『ゴレイド』」

「キサ…マ、ノ……『ナ』」

「……!」

訳が、わからない。知性があるのは感じていた。

だが、それは動物的な本能。生物の闘争の、生存の本能からくるものと思っていた。

けど、人語を操って言葉を発す？

自らの名を名乗り、今。こちらに名を問うその意味――

「名……ヲ」

「……」

理解は追いつかない、が。どうやら、俺の自己紹介を求めているらしい。だが、あいにく俺には名乗れる名前がない。

「……悪いが、『名無し』。でね」

「……ワルイ、ガ・ナナ、シ」

——ん？

「いや待て、イントネーション違うから。『名無し』、だ。一文字目で上がらない。タワシと同じだから」

「ナ……ナシ……」

「……」

まぁ、こいつが俺の名をどう解釈しようが構わないか。

「——剣を！　受け取ってください！」

一時、緊迫した命のやり取りの空気が弛緩《しかん》した気がしたが。地を打つ金属音で我に返る。

(池さんの剣。あの女性《ひと》が投げてくれたのか……)

ゴブリンを倒すのに投げてしまったから今の俺は丸腰。いくら体術を心得たといっても、格上のゴブリンジェネラル……ゴレイドに素手で勝てるとは思えない。

（ここまで追い詰められても、だ）

名を持ち、言葉を話す。あまりに未知数な存在。

戦って勝つには、池さんの剣が絶対必要だ。けど――。

（少し距離があるな……）

剣を取るには、一瞬でも背中を見せないといけない。

名乗り、言葉を一つ交わしただけで、もうさっきまでの……今までのモンスターとは思えない。

危険すぎる。

「――ト」

俺の逡巡《しゅんじゅん》に気が付いたのか、ゴブリンジェネラル、ゴレイドは驚くべきことを口走る。

「……トレ」

「！」

取れ。俺に剣を取れ、と？

（何なんだ。さっきまで女を人質に取ろうとしていたのに、なんでそんな騎士道めいたことを……）

これまでに見せた、奴の知力ならこれが罠である可能性は十分ある。

だが、池さんの剣がないと押しきれないのも事実。

「「……」」

（ダメだ。『洞察眼』と『読心術』スキルを組み合わせて観察しても、何を考えているのか全くわか

らない)

そう、わからない。俺は何もわからない。モンスター《こいつら》のことを何も知らない。

余計なことを知れば知るほど、未知の沼にはまってゆく。

(今、わからないなら、いっそ飛び込め。覚悟はさっき済ませたろ？　この力は何のために手に入れた！)

日和《ひよ》るな、行け！

「……っ！」

滑り込むように剣を拾うと即座に戦闘態勢に入る。

「……」

特に策を弄《ろう》した様子もなく、ゴレイドはそれを見届けると。足元に落ちた鉈を口でくわえて拾い上げ、凶暴な牙を剥き出しにする。


「「――――ッ！」」


特にきっかけがあったわけでもない。

だが両者は同時に動き出し、最後の一振りを繰り出す。

奴の、己の体を弾丸にしたような攻撃は今までで一番速く、真っ直ぐで凶暴な一撃。

俺は、その一撃を正面から――。

「――ゴレイド。強かったよ……！」

奴の鉈と、俺の剣。

一瞬の拮抗《きっこう》の後、鉈の刃は折れ。

そのまま肩口から、駆け抜けるように斬り捨てた。

「……ふぅーーー」

確かな手応え。息苦しい戦いの緊張を吐き出すように一息。残身《ざんしん》を怠らず、その決着を振り返る。

「グ、ギ……」

そこには、立ち上がろうとする余力さえ絞りきった、瀕死のゴブリンジェネラルが地に伏していた。

『――ゴレイド。強かったよ……！』

何故、最後の一撃が交差する直前、モンスター相手にあんな言葉をかけたのか。

自分でもよくわからない。ただ、そう思って、口から出て、全力で斬り捨てた。

自分の中の得体の知れない感情を確かめるように、そんなことを考えながら地に伏したゴレイドを見ていると。

「……」

僅かな時間、視線はぶつかり。

ゴレイドの体はゆっくりと崩れ、跡形もなく消滅していった。

（倒した直後に消えた……初めて見る反応だ）

《名持ち《ネームド》モンスター：『ゴレイド』。及び、率いるゴブリンの群れを討伐　経験値取得》
《――のレベルが12→21に上昇しました》
《特定討伐ボーナス　スキル熟練度アップ》
《平面走行　LV.3→LV.5》
《立体走行　LV.3→LV.5》
《走破製図　LV.1→LV.3》
《洞察眼　LV.2→LV.4》
《読心術　LV.1→LV.2》
《精神耐性　LV.→LV.5》
《目利き　LV.1→LV.3》
《弱点直勘　LV.1→LV.3》
《弱点特攻　LV.1→LV.3》
《ドロップ率上昇　LV.1→LV.2》
《近距離剣術　LV.3→LV.4》
《体術　LV.3→LV.4》

《武具投擲　LV.3 → LV.4》
《直感反応　LV.3 → LV.4》

「……今回は、やけに上がったな」

どこか感傷的な雰囲気もそこそこに、お馴染みの声は響く。

「名持ち《ネームド》。か」

あの声に認知されている……自分の名前を持っているモンスターはゴレイド一体《あいつ》とも思えない。他にも居るってことだよな。

（人語を操るモンスター……）

今回、各レベルが大きく上昇したのも、相手が名持ちだったというのが関係しているんだろう。恐らく名を持たない、そこいらのモンスターよりも、おしなべて強力な個体。故《ゆえ》に豊富な経験値を有する、ってところか。今後も戦うことがあるかもしれない。そういう強個体の存在を早めに知れたのは、いい収穫だったな。

「……ふぅ」

剣を鞘に納め、戦闘態勢を解く。

……思えば。

死のうと思って半年間眠りこけて、目を覚ましたらこんな世界。この世界で生きてみたい、知りたいと願って外に出てから、巻き込まれ首を突っ込み。悪意ある人間、そしてモンスターと戦った。

そのモンスターは、自分と知己《ちき》の人間を脅かす害獣。シルエットだけでいえば、人間にも近しいともいえるゴブリンやオークを、そういった認識のもと殺してきた。

（けど、ゴレイド……名持《ネームド》ちモンスター……）

奴は。ただのケダモノだと思っていたモンスターは。

知性と礼節のようなものをちらつかせ、俺はそれを斬り捨てた。

魔物使いを取り逃がした時と同じような、嫌な苦みが胸でうずく。それでもあの時より気分がマシなのは、スキルのおかげか。いまだ引かない、戦いの興奮状態が錯覚させているのか。

なんにしても。危機を乗り越えるたび、未知を知るたび、思い知らされる。

（俺は、あまりにも無知だ）

すべてはそこに帰着する。

それは、誰と比べるでもなく、己に対する無知への卑下《ひげ》でもない。あるのは、漠然とした渇望、欲求。知らないから怖い。理解できないから戸惑う。

自分の中の本能のようなものが訴える――。

――ならば知れ。あるいは……探せ、と。

「……ん？」

延々と続きそうな泥沼の思考に浸っていると。唐突に現実へ戻される。

その原因は、煌《きら》めき。

ゴレイドが倒れていた場所に、輝く何かが落ちているのに気がつき近寄ると。

「これは……石？　水晶か？」

拾い上げると卵くらいの半透明な物体。

見ると淡く光っていて、考え事を遮るのも頷ける異様な物体だった。

「こんな目立つもの、さっきまであったか？」

「――んっ……ぅ……」

ふと、呻《うめ》くような女性の吐息に。

「！　そうだ、襲われていた人……！」

それまでのモヤがかかった思考はすっかり霧散。淡く光る石はポケットにしまい込み、女性のもとに駆けつける。

「すぅ……すぅ」

「……やっぱり目立った外傷はなさそうだ。呼吸もあるし、普通に眠っているだけっぽいな」

過去に軽くかじった医学と、『洞察眼』で容体に異常がないのを確認し一息つく。このスキルのおかげで、視覚から得る対象者の情報は、その量も精度も跳ね上がる。こうして、戦闘以外の場面でも役立つのはありがたい。

「それにしてもこの人は、山さんたちのホームレス仲間……ってわけでもなさそうだよな」

身なりからして、路上生活という連想には至らない。

なんというか、よく言えば簡素な検診衣。

悪く言えば飾り気のない囚人服というか……とにかく、事情がなければ袖を通すことのない感じの格好だ。それに、若い女性がホームレスというのも考えにくい。

俺が今の世の中をよく知らないだけで、珍しくないのかもしれないけど。

「とにかく、このまま放っておくわけにはいかないよな……公園に連れて行こう」

戦闘で使用したスキルに引き寄せられ、モンスターは再び現れる。ここに放っておいては、また襲われてしまう。

(出現が途絶える目途が立っていたところだけど――)

人命には代えられない。ゴレイドと対峙した時、こうなることはわかっていた。

公園の皆には苦労をかけるが、きっと理解を示してくれるだろう。

「――と、その前に……失礼します……!」

別に不埒《ふらち》なことをするために断りを入れたわけではない。

『目利き』による素性調査だ。

知れることは限られているが、万一にも危険人物だった場合、眠っているうちに対策を立てなくてはならない。

(『目利き』もLV.1からLV.3に上がった。より多くの情報が見えるはずだ)

名：？
レベル：56
種族：ハーフエルフ
性別：女
職業《ジョブ》：？
□上級職業《ハイクラス》□
武器：？
防具（手）：？
防具（脚）：？
防具（飾）：レザーマント

MP：？
攻撃力：？
防御力：？
素早さ：？
知力：920
精神力：？
器用：？

運：？

状態：MP切れ《マインドダウン》

称号：無し

所有スキル：？？？

ユニークスキル：？？？

「レべっごじゅ!?　ハ……エルフ!?」

俺はまたも、未知との遭遇に頭を悩ませるのだった――。

【第三章】誤解

「ん……」

重たい瞼を開けると、どうやら横になっているようだ。

(……私、眠って……?)

僅かな気だるさを引きずりながら上体を起こすと、見る見るうちに意識は覚醒していく。

「ここ、どこ……?」

あの場所から逃げ出して、追っ手を振り切ったと思ったら街中でゴブリンジェネラルに遭遇して
……それから――。

(それから……そうだ。MP切れ《マインドダウン》で身動きの取れなかった私を、知らない誰かが助けてくれた、んだよね)

まともに逃げる余力すら残っていなかった、絶望的な状況。

曖昧《あいまい》な記憶を辿ると、ゴブリンたちの矢に射られそうになるあの瞬間の恐怖を思い出し、身震いしてしまう。

「大、丈夫……私……生きてる」

鮮明に思い出される死の気配。

喉元から鳩尾《みぞおち》まで、気道は収縮し小刻みな呼吸が漏れ出てきた。

「助、かった――」

九死に一生。追憶で震える体、乱れた呼吸。それと相反し、湧き出す安堵。

ごちゃ混ぜになった感情が、私の口元に歪な笑みを浮かばせた。涙も、自然にこぼれてくる。

「っ……は、ぁ」

しばらく、気持ちの整理がつかないまま。

自分の肩を抱きながら笑い泣きするという、誰にも見せられない様を晒《さら》していた――。

◇◇◇

「それにしても、ここは一体……」

一時間くらいだろうか。

感情の波が収まるまで。自分の置かれた状況を俯瞰的《ふかんてき》に見られるようになるまで、ひとしきり泣き終えると、改めて周りを見回してみる。

「……家?」

木造でもコンクリでもない、内装からわかってしまう張りぼてのような部屋。今座っているソファは、とてもふかふかして寝心地は良さそうだけど。

実際、慣れない寝床で眠っていた割に、体からは一晩中逃げ回っていた疲労がほぼ抜けている。

「テント……でもないし」

よくは知らないけど、建築法？　的に、この建物は大丈夫なのかな。

「装備、は……」

徐々に冷静さを取り戻すと、それと共に僅かな焦燥感《しょうそうかん》がくすぶり始める。ここに至って自分自身の体を検《あらた》めた。

「武器だけ、ない」

武器となる両手足の装備は外されているようだ。近くを見渡してもそれらしきものは見当たらない。

フード付きのレザーマントはそのまま。

「……服も、べつに」

着衣にも乱れは見られない……と思う。自意識過剰かもしれないけど、不安なものは不安。

でも、恐らくそう酷い状況下にいるわけではない、と。自分を検めてひとまず結論づけていると。

「おーい、兄さん居るかい？」

「！」

薄い壁の向こうからこの部屋に向けて声が聞こえてきた。

（ぇ、あ……ど、どうしよう？）

自分が置かれた状況は大まかに想像がつく。

きっとあの時助けてくれた人が、気を失った私をここまで運んで来てくれたのだろう。

でも、今さっき聞こえてきた声は、ゴブリンたちから助けてくれた人の声とは違う気がする。

この場面で起きていていいのか、寝たふりをしたほうがいいのか判断に困っていると。

「――兄さん？　居ないのかい？」

出入り口らしき場所から、のれんをかき分けるように、初老といった顔立ちの男性が顔を覗かせる。

結局、もたもたとしているうちに来訪者が来てしまった。

「何だ居ないのか……ん？　……おお！　起きたのかいお嬢ちゃん！　そこで待ってな。今、兄さんを捜してくるから」

「え？　あの……にいさんって？　それに、私――」

「あんたを連れてきた男だよ。あ！　居た！　おーい！　兄さん！」

外にその人物を見つけたのか、こちらの問いかけを遮りながら慌ただしく呼びに駆けていってしまう。

「……私をここに？　ということは」

『にいさん』というのは、ゴブリンジェネラルから助けてくれた、あの男の人？

「あ、わわっ……かっ、髪……寝起きなのにっ」

途端自分でもおかしいくらい慌てて身だしなみをチェックする。

命の恩人にみっともないところを見せるのも忍びない……いや、どういうことなのか自分でもよくわからないけど！

「えっと、えっと……」

髪はところどころはねて……は、元々少しクセっ毛だけど。心なしか顔もむくんでいる気がする。

目も腫れぼったい感じ。さっきまでめそめそ泣いていたからだ。うん。控え目に言って、ボロボロ。

「ど、どうしよう……」

さっきとは違うベクトルでわちゃわちゃ慌てていると。

「――あの、入っても大丈夫ですか？」

「……っ！」

部屋の外から入室の許可を求める男の人の声。間違いない。迫り来る矢を弾き私を救ってくれた、あの声と同じだ。

「あ、の……っど、どうぞ」

とっさにフードを深くかぶり、乱れている部分を隠し返答する。

私の部屋じゃないけど。

◇◇◇

「あ、の……っど、どうぞ」

返答があったので中に入ることにした。こんなボロ家でも、こういうエチケットは忘れちゃいけない。

相手が初対面の女性なら尚の事だろう。

（さて。鬼が出るか、蛇が出るか――）

我ながら甚《はなは》だ失礼な考えとは思いつつも最大限に警戒。

武器になりそうな装備は眠っている間に外させてもらったが、それを加味しても彼女は名も素性も知らぬ危険人物。助けておいてなんではあるが、現状の評価としては妥当だろう。

「――じゃあ、失礼します」

部屋に入ると、彼女は寝かせていたソファの上に座っていた。そして初めて発見した時と同じようにフードを深く被っている。当然、警戒しているんだろう。ムリもない、それはこちらも同じこと。

「体の具合は、どうですか？　痛む所とか」

とはいえ警戒はするが、それを悟られるのはよろしくない。

害意《がいい》がないことは示していかなければ……まぁ、単純に容態が気にかかるところもある。

「い、いえ。おかげさまで、体調はいいみたい、です」

……嘘はついてなさそうだ。顔色も……フードでよくは見えないが、多分悪くはないだろう。

でも、なんとなく首から上を庇《かば》っている動作が垣間見えるな。

「本当ですか？　頭、とか痛むのでは？」

「へ？　いえ、全然なんとも、ないですよ？」

やっぱり、動作から庇っているのは間違いなさそうだ。弱みを見せないように隠しているのか？

だが俺としては彼女にもしものことがあると、困る。少々強引かもしれないが――。

「モンスターに襲われていたんです。頭にケガをしていたら事だ」

そう言って軽く手を伸ばす素振りを見せると。

「だ、大丈夫ですっ！」

「！」

強めの拒絶に咄嗟に手を引っ込める。

（少し、心配が過ぎたか？）

こちらの意図を感じ取って警戒されたとすると、少々クサかったたか。

まぁ、そりゃ見ず知らずの男に手厚く心配されても、不気味なだけか。

「す、すみません……急に大声出して」

……なんというか、今のところ普通の女の子って感じだな。

俺が一人で警戒しすぎているだけのような気がしなくもない。

（だとしたら、というか……さっき触れようとしたのも、かなりアウトな行動じゃ……）

ここのところ、池さんや山さん。男連中としか接していなかったし。それ以外といったら、モンスターや、あの魔物使いみたいな粗暴な手合いとの血腥《ちなまぐさ》い戦い……元から女性の扱いに長《た》けているわけじゃないけど、徐々に一般的な配慮やらなにやら抜け落ちていってる気がする。

「あの……すみません。しつこかったですね」

そう思うと途端に申し訳なさがこみ上げ、ほぼ反射的に頭を下げていた。

同時に、自分のデリカシーのなさに、少なからずショックも受けた……。

（ま、まぁ。こうして頭《こうべ》を垂れる姿を見せれば、こちらに害意がないことも伝わりやすいしな。うん。）

「あ、ごめんなさい！　あの、嫌だったとかではなくて！」

「？」

顔を上げ彼女を見ると、恥じらいつつというか、戸惑いながらというか。そんな逡巡《しゅんじゅん》を感じる動作で被ったフードをめくっていく。

「あの……寝起きで、髪も、顔も、ぐしゃぐしゃ……だから……」

「……」

戦い以外にはあまり役に立たなさそうだな、『洞察眼』。どうやら、所作の端々から俺が警戒心として感じ取っていたものは――。

（――身だしなみ。女心。ってやつか……けど、ぐしゃぐしゃというのは過剰な表現というか、全然そんなことないと思うが……）

彼女のステータスを『目利き』で見た時、その内容に驚愕したモノだったが。はだけたフードから覗かせるその容姿にも、少なからず驚いた。別に惚れた腫れたの話をするつもりではないけど、フードの中は有り体に言って美少女ってやつだろう。

年齢は知らないがこの言い方がしっくりきた。

（寝起きでも別にそこまで気にするようなもんでもないが……髪色は中々エキセントリックだけど）

地毛ではないだろうが、全体的に金髪なのに、毛先にかけて赤みがかった茶髪に変わっていっている。

こんな派手なグラデーション入れるなんて、印象よりもヤンチャしてるのだろうか。

（まぁ、変に追及したりもしないけど）

こんな世界になってもそういう倫理観というか、デリカシーは持たないと。

セクハラだ。うん。気を付けよう、ほんと。

「えっと。なら、自分は少し外に出ているので、身支度が終わったら外に出てきてもらえますか？

体がきつくなければ、ですが」

俺の提案を聞いた後、再びフードを被り。

「は、はい、大丈夫です。すみません……」


そう言う彼女を部屋に置いて、俺は退室した。


（――さて、少し勘違いもあったけど、問題はここから）

そう、俺が彼女に対し過剰な心配をしたのも、ある種取り入ろうと距離感を見誤ったのも。彼女の持つ情報が目的だからだ。

……だから、デリカシーのなさは、ちょっとだ。誤差みたいなものだ。

（……彼女自身のこと、なにより、この世界のこと）

あの子がどこまでの情報を持っているか定かではないが。少なくともあのステータス。

（世界が変わって、この半年間眠っていた俺はもちろん、池さんたちホームレス仲間や魔物使いを凌駕するレベル）

俺が知りえない情報を多く知っていることだけは間違いないだろう。

「聞かせてもらうぞ――」

なにかが、加速度的に進み始める。

そんな、胸がざわめくような予感を感じながら、彼女の身支度が終わるのを待った。

◇◇◇

「うぅ……心配してもらった身で大声出すなんて」

危ないところを助けてもらった恩人にあんな態度……私だったらショックを受けてしまうかもしれない。心なしかヘコんでいるように見えたし。

「はぁ……なんであんなに焦ってたんだか」

ただフードをはだけさせようとしただけ、だったと思うし。

あの人の声色も顔も真剣そのものだった。

「……自意識過剰に、身だしなみなんか気にしすぎてるからだよ」

思わず自分を責めるように独り言。普段あんまりしないようなことに、少しだけ恥ずかしくなった。

「んぅー……なんか、ホントに変」

『あの人』が心配するように、知らないうちに頭でも打ってしまったのだろうか。

「――そう言えば、名前くらい先に聞いておけばよかった」

心の中で、命の恩人を味気ない二人称で呼んでいることに気付く。

「あとでちゃんと聞こ……」

とりあえず、待たせてしまっているのだから、早いところ身支度を済ませてしまおう。

「て、手櫛《てぐし》じゃ癖が取れない」

さっき部屋の中を見渡した時見つけた、ヒビの入った全身鏡の前に立ち、せっせと髪を撫でてみるけど一向にボサボサが解消されない。ちょっと湿っぽいし、考えてみれば一晩中外で動き回っていて丸一日入浴していない。汗もいっぱいかいたし。

「ぜ、贅沢は言えないよね……」

せめて濡れたタオルで軽く体を拭くくらいしたいと思ったけど、やっぱり厚かましいと思い、出かった言葉を呑み込む。

「せめて頭だけでも……」

部屋の中に何か使えそうなものがないか見回してみる。流石に無断で室内を物色するのは憚《はばか》られるので、見える範囲で。

「……あ。櫛《くし》、だよね。これ」

今まさに欲してる物が一番整理された机の上に置いてあった。

半月状の木製の櫛。いかにも手作りって感じ。

「使っても大丈夫かな？」

置いてあるといっても、専用の小さなスタンドみたいなものにきっちりと飾られていて、なんとなく大事に扱われている雰囲気がある。

「あ、あのー。すみませーん」

あの人がこの部屋の出入り口にいることを願って、薄い壁に声をかけてみる。

「――はい。どうしました？」

よかった。すぐ近くで待っていてくれたようだ。

「あの、部屋の机に置いてある櫛、なんですけど……お借りしてもいいでしょうか？」

「……」

多分、この部屋の主であろう彼にお伺いを立てる。少し長い間《ま》に、不躾《ぶしつけ》なお願いだったかと思い不安が膨らんだ。

「……大丈夫ですよ。好きに使っていただいて」

「あ、ありがとうございます」

やはり間が気になったが、了承は得たし、ありがたく使わせてもらおう。

「あと、その机の引き出しに使い捨てのボディタオルがあるので、よければ」

（あ。すごく助かる……でも、もしかして。く、臭かったのかな）

あまりにありがたい申し出だけど、余計なことまで勘ぐってしまった。

（と、とにかく。早く済ませよう――）

櫛を手に取り、邪魔なマントを脱いで脇に置き、改めて鏡に向き直る――。

「……」

映し出されたのは、ゴワゴワとした髪を垂らし、まるで簡素な検診衣のような服を着た自分の姿。

強い拘束の意思を感じさせる、物々しいこのベルト部分を見ると、自分の置かれている状況、危惧すべき事柄を突き付けられる。思い知らされる。

「――気は、抜かない。まだ、安心なんてできない」

緊張感のなかった表情筋を両の手の平でこねくり回し、どこか浮ついていた気持ちを引き締める。

「もう、あんな場所に……戻りたくない」

懇願《こんがん》にも似た決意を改めて口にし、服の留め紐を外していった――。

◇◇◇

『あの、部屋の机に置いてある櫛、なんですけど……お借りしてもいいでしょうか？』

ほんの数分前に交わした内容を思い出す。

「使わせて大丈夫だったかな」

彼女が一晩を過ごしたこのボロ屋は、池さんが使っていた住処だ。公園で毎日ゴブリンを倒している間、俺が使わせてもらっている仮拠点でもある。流石に同じ空間で一夜を過ごすのは憚られるから、昨晩俺は山さんの住処に厄介になった。

「まぁ、池さん、あれで綺麗好きだったし……」

と、俺が今引っ掛かりを憶えているのは櫛を貸す許可を出したことについてだ。

他人の彼女に使ってもらうこと自体、何の問題はない。

持ち主でもない俺が言うのも何だが、池さんが生きていたとしても彼はそんな些細なこと気にはしないだろう。公園の皆も――。

『あんたは、池さんが生涯最後に鍛えた剣を授かった男だ。兄さんに使ってもらえるなら、池さんも喜ぶだろうさ』

――と、言ってくれた。あの時は、少しばかり俺の涙腺も緩みもした。

と、まぁ、そんな経緯でこの拠点は俺が好きに使わせてもらっているわけなんだが……。

「でも、池さんも随分な歳だったし……おっさんの櫛を女の子に使わせるってのは――」

などと、罰当《ばち》たりも甚だしいことを考えていた。我ながら、これには池さんも怒るかもしれない。

と思い、今日の仏前への供え物は、少し奮発しようかと考えていると――。


「お、おまたせしました」

ようやく支度が終わったようで、フードを脱いだ彼女が池さんの住居から出てくる。

櫛のおかげか所々跳ねていた長い髪は、さらに艶を取り戻したような印象。部分的な跳ねは元々のくせ毛なのか、そのままだ……と、なんとか変化点を取り上げてみたが、俺の感性が鈍いのか。

正直そんなに変わっていないように見える。

「ん……眩し……」

「どうですか？　歩いてみて。調子は」

「……大丈夫みたいです」

――いや。変わった。

見た目ではなく、表情。部屋を出る前の隙のあるものから、僅かな緊迫感。

なるほど、中々こちらも気は抜けないらしい。

「――そうですか。よかったです」

彼女の変化に、関心と、感心が織り交ざった心境でいると――。

「……あ」

会話の間に差し込まれる異音。

「……～っ」

それは人間の体が空腹を訴えるアラームだった。

（この娘……狙ってるのか？）

一変した雰囲気からこの緊張感のなさ。その落差で警戒の気配を薄めようと――。

（――いや、マジっぽいな）

余程自分自身でも不意打ちで恥ずかしかったのだろう。

顔をきれいに赤く染めるとうつむいてしまった……調子が狂うな。

「もうこんな時間か。朝食にしますが、一緒にどうですか？」

「え、えと……」

俺のストレートな提案に、依然として恥じらいながら、返答に困っている様子。

「……あまり気の利いたものはお出しできませんが、味は保証します」

答えに詰まったまま、返答も聞かずに歩き出す。

そう広くない公園を数分と歩かず連れてきたのは、食堂代わりになっている公園中央広場。

皆、毎日お互いの近況を共有しあうために、一日二食を共にしているのだ。

けど――。

（流石に皆、普段より落ち着きがないな）

現在時刻は朝六時を回っている。

つまり、今日もゴブリンたちが現れるなら、いつ現れてもおかしくない時間。

いつもなら皆には、俺がゴブリンたちを倒すまで各々の住処に居てもらうが、今日はあえて、仲間全員にこの広場で集まってもらっている。

（また、昨日のゴレイドみたいなモンスターが出てきたら、次にどんな事態になるか想像もできないからな）

今まで通りなら、現状安全な公園内の建物で息を潜めていたほうが、得策かもしれない。

だが、ゴレイドのような名持ち《ネームド》モンスターが再び現れた時、その時もその定石が通じるか保証はない。

あの知性も持ち合わせた存在相手に、今までのただのゴブリン相手と同じ対応ではあまりに心もとない。こうして見える場所で、一か所に集まってもらっていたほうが守りやすいのだ。

（昨日は一切の加減無しにスキルを使ったから、今日は一体どうなるか……）

もう少し様子を見て、この公園がいまだ安全地帯であると確認できたら、周辺を見回ってみよう。

「ここって……炊事場？」

考えながらも歩いていると、いつの間にかに目的の場所へ着いていたようだ。

「公園の仲間たちがいつもここで食事を作って、みんなで同じものを食べているんです。おはよう山さん、今日のメニューは何だ？」

「おはようさん。特製濃厚すいとんだよ」

「……いい匂い」

形のいい小鼻をスンスン鳴らし反応する。小動物を見ているみたいでなかなか微笑ましい。

「お。話は聞いているよ、そっちのお嬢さん、目が覚めたんだね。大事がなさそうで何よりだ」

そう言い、人当たりの良い笑みを浮かべながら配膳を続ける山さん。

「山さん、彼女の分も頼むよ」

「……いいんですか？」

「もちろんさ。むしろ、ここのむさくるしい連中より、お嬢さんみたいなべっぴんさんに食べてもらったほうが、作り甲斐があるってもんだ」

そう言いながらもう盛り始めていて、すいとんでいっぱいになったお椀を俺に手渡す。

「そういうことらしいです。温かいうちにいただきましょう」

「……」

湯気の立つすいとんを彼女に手渡そうとするが、何か気掛かりでもあるのだろうか。椀とこちらの顔に数度、視線を行き来させ。

「――あぁ。心配いりませんよ。食料の備蓄は、公園の非常用倉庫にたくさんありますから。な？山さん」

「ついでに花壇で野菜もやってる。遠慮なんてする必要はない」

彼女の態度が遠慮からくるものと察し、そうフォローする。

実際、倉庫には食料が山ほど備蓄されていて、このすいとんも大量の小麦粉から作ったものだろう。きちんと密閉保存されているので、長期保存が可能。そんな備蓄品が売るほどある。当然、無限ではないから貴重であることには変わりないけど。消費者が何十人もいるわけでもないから、当面問題ない。

この公園は、魔物使いがアジトにしていた『廃棄区画』から近いし。世界が変わるより前から、ホームレスのたまり場になっていることもあり、俺を除いて外からの人間は殆ど来ない。

そもそも、モンスターが出てくるような世界でも、公園の外では普通に飲食店とかやっていたし、この公園にわざわざ避難するようなこともないのだろう。使わない手はない。

「――なので、遠慮はいりません。どうぞ」

彼女にお椀を差し出すと、伏し目がちに受け取り。

「……ありがとうございます」

「?」

依然として遠慮がちな、落ち込んだような雰囲気。

会ったばかりで何も知らない彼女の平常時がどうなのかは、窺い知れぬところだが……。

「――この辺で食べましょうか」

皆とは少し離れたベンチに座ると、彼女もそれにならい腰を下ろす。

「山さんの作る料理はおいしいんです。気に入るといいけど」

「……」

目を伏せ、視線は、餌をもらえると勘違いしてやってきた鳩たちを向いている。

(これは、警戒か？)

椀に毒でも入っているんじゃないかという警戒。ならば、先に口をつけて潔白を証明してやろう。

「……ん、うまい」

そう感想をこぼすと、彼女は口を開く。

「あの……あの時、助けていただいてありがとうございました。あなたが来てくれていなかったらきっと私は……」

――『死』。

それと向き合った恐怖を思い出してしまったんだろう。身体はこわばり、口も閉ざす。

なんとなく詰まっている言葉があるのかと思い、それを待つと。

「……どうして、こんなに良くしてくれるんですか？」


――なるほど。

見ず知らずの他人に手を伸ばすのは、決して全てが全て慈善目的とは限らない。むしろ逆を疑うのが定石。手を差し伸べる側に利益がある、そういう打算を孕んでいるのが大体だろう。

あの魔物使いみたいな手合いがいるくらいだ。俺もホイホイついていって痛い目を見た。

(それがはっきりするまで、迂闊に自分の素性も名乗らないし、施しも受けないってとこか)

順当な疑念だな。

もっとも、彼女が強気に出ないのは、結果として俺に命を救われてしまった。という負い目があるからだろう。

「――情報が欲しいんです」

ならば、こちらから先に手の内を明かそう。偽りなく、な。正直、探られて困る腹積もりもない。

「……情報、ですか」

俺は椀をひとまず置き、彼女の警戒を解くことに専念する。

「はい。あなた自身について少し、と半年前を境に一変してしまったこの世界の情報……俺が知らない情報」

「……」

それから俺は嘘偽りなく、半年前から今に至る自分の身の上を語った。池さんに生前同じ話をしたから、二回目ともなれば流暢《りゅうちょう》だ。

名前が消えたことは、現実味が薄く胡散臭《うさんくさ》さが深まるため省いた。

「――そして、魔物使いを退けた後、モンスターも日に日に減っていたある日。ゴブリンジェネラルに追われるあなたを見つけ……」

「ゴブリンジェネラルを倒し私を救ってくれたんですね」

そう彼女が引き取るようにまとめると、しばし長考。

急かすことはせず、続く言葉を待った。

「……情報、と言っていましたけど。なぜ私なんです？　確かに、半年間眠り続けていたあなたよりは、今の世界の事情に明るいかもしれませんが……この公園の皆さんにも聞いてみたりは？」

「ここの皆は、モンスターとの戦闘を避け、助け合いながら生き延びてきました。だから、この公園の外の世界の事情には疎《うと》いんです……なにより、目が覚めて数日間。モンスターや人間と関わってきた中で飛び抜けているんです。あなたが」

「……？」

そう。ステータスにおいて俺より高みに立ち、出会ったことのない、特異な存在。

「俺よりレベルが高く。ハーフエルフであるあなたが知る、その情報を聞きたいんです」

——唐突に。

朝日が心地よい清新な空気は急激に張り詰め、心筋の束を握られたような強い圧迫感と恐怖が沸き上がる。ベンチの前を闊歩《かっぽ》していた鳩たちも、異変を察知し散り散りに飛んで行った。

「っ⁉　こ、れは？」

言わずもがなだろう。

この全身を刺すようなプレッシャー、何度か体験した『死』との直面。

そんな不吉な気配を俺に与えられるのは、この場に一人しかいない。

「『ハーフエルフ』とは……何のことですか？」

先ほどまでの控えめな雰囲気はすっかり鳴りを潜め、感情を殺したような冷たい眼光がこちらを射貫く。

選択を誤れば、死ぬ。本能的に直感した。

（豹変、しすぎだろ……！）

今、俺がすべきは……偽らないこと、ぐらいか。

「……君が意識を失っている時、【鑑定士】のスキル、『目利き』でステータスの一部を見させてもらった。種族の項目に、そう記されていた」

「【鑑定士】、ですか……」

口調も意識して、元の話し方に戻す。すると彼女は立ち上がり。

「あなたの言葉は矛盾しています。ゴブリンジェネラルを倒したのがその証拠……」

「？　どういう――」

意味だ？　そう続ける前に、俺の視界から彼女は消え。

「――ごめんなさい。眠っていてください」

背後から攻撃を見舞う直感。

「くっ！」

「……！」

手刀、だろうか。何とか体が反応し、『体術』の体捌きと『平面走行』の脚力で避ける。

（なんだ今の、爆発的な移動速度）

恐らく俺の意識を刈り取ろうとした攻撃。

彼女が立ち上がった瞬間から『洞察眼』を発動、消える寸前の重心のブレを視認していなければ、今頃眠っていたかもしれない。

「その動き……やっぱり【鑑定士】というのは嘘ですね」

「ま、待ってくれ！　俺の職業《ジョブ》が【鑑定士】ってのは本当だ！」

何故疑われているのかわからないが、とにかく何とか証明しなければ。

「信じられません。私の種族を知っているということは、連れ戻す為に私に近づいたんですよね？」

「連れ戻す……？　言っただろ。見つけたのはたまたまだって。そもそも、そんなつもりなら君が寝ている間に済ませていると思うが」

「……か、【鑑定士】であれば他のステータスも見抜けるはずです」

「レベル56。知力920。見た時の状態はMP切れ《マインドダウン》となっていた。それ以外は見ることができなかった」

なぜそんなことまで知って……と僅かに動揺を見せる。

なかなかいいカードだったみたいだ。だが――。

「そっ、それでも、説明がつきません！　あなたのその強さは【鑑定士】のような非力な職業ではありえないんです！」

「そう、なのか？　けど、【鑑定士】だけじゃないし……」

「――もう、いいです。これ以上時間稼ぎに付き合っていても、追っ手が近づくだけですから」

ふと、彼女の重心が前傾に寄る。どうやら、真正面から俺を沈めるつもりのようだ。

正直、真っ向からぶつかれば絶対俺に勝ち目はない。

それはさっきの攻撃で彼女もそう感じたことだろう。
（なんて頑固で疑り深い女なんだ……！）
このままじゃ、有力な情報源をみすみす手放すことになる。
言葉を尽くしても聞き入れられない。抵抗してもねじ伏せられる。
（なにか、決定的な証拠でも見せつけない限りは……）

――証拠？

「眠らせるだけです……結果的に、助けていただいたこと。感謝しています」
さよなら。
どこか悲しげに言うと、一気に懐に入り込まれ。
（――どうにでもなれ！）
受けることも、避けることもできないまま、迫りくる彼女に向かって。
俺は――。

「ステータス！」

名：――――。

レベル：21
種族：人間
性別：男
職業《ジョブ》：
□基本職業《ノーマルクラス》□
【逃亡者《とうぼうしゃ》】
【精神掌握者《メンタリスト》】
【鑑定士《かんていし》】
【解体師《かいたいし》】
□上級職業《ハイクラス》□
【剣闘士《グラディアトル》】

武器：ショートソードC＋（無名）
防具（飾）：なし

攻撃力：237
防御力：204
素早さ：180

知力：１２７
精神力：２０５
器用：■■■■■■■■■■
運：４１

状態：ふつう
称号：無し
所有スキル：
《平面走行　LV.5》
《立体走行　LV.5》
《走破製図　LV.3》
《洞察眼　LV.4》
《読心術　LV.2》
《精神耐性　LV.5》
《目利き　LV.3》
《弱点直勘　LV.3》
《弱点特攻　LV.3》
《ドロップ率上昇　LV.2》

《近距離剣術　LV.4》
《体術　LV.4》
《武具投擲　LV.4》
《直感反応　LV.4》

ユニークスキル：《器■■■》

「――え？」

他人に全てを晒す賭けに出ると――。

（あ、あっぶなかった……）

高速の踏み込みをすんでのところで急停止したため、彼女が運んできた風が俺の髪を撫でる。

いやな汗が噴き出すが、今の攻撃を食らうより何百倍もマシだ。

（ていうか眠らせるだけ、って圧じゃないだろ）

眼前で立ち止まってくれたことに俺は心底安堵した。

《熟練度が規定値を超えました》
《精神耐性　LV.5→LV.6》

はいはい、どうも。

（さっきまでの圧迫感も消えている……スキルを解除してくれたのか？）

一緒に、俺への警戒心も丸ごと全部解いてくれると助かるが。

「これ……なに、このステータス……職業《ジョブ》が五つも……人間、なのに？　いや、そうじゃなかったとしてもこれはおかしくない……？　『偽装《フェイク》』のスキル？　でも本人のステータス画面ならスキル項目にそれが表示されるはず……」

（どうも相当驚いているらしいな……名前の部分がないからか？）

俺のステータス画面を凝視する彼女は、納得いかない様子でブツブツ一人話している。

「あー……この通り【鑑定士】の職業持ちだ。これで信じてもらえるか？」

「……」

こちらの声にハッとした様子を見せ、ステータス画面と俺の顔を何度か交互に視線を巡らすと、力が抜けたようにふらふらとその場にへたりこんだ。

「お、おい！　どうした？」

「ご、ごめんなさい。私、ほんとに助けてもらった、のに。ハーフエルフって言われたら、頭に血が上っちゃって。自分の事何も話さない私に、ごはんまでくれたのに、命の恩人に、いきなり殴りかかって……！」

「……」

言葉遣いから多少知的な印象を受けていたが、今の彼女は幼い子供のように、取り留めもなく言葉が溢れてしまっているようだ。

レベル差なのか、『読心術』を使っても思考は読めないが、これだけ声を詰まらせながら感情を出されたら使わなくてもわかる。

後悔。反省。悲しみ。そして、安堵。

「弱いな、どうも……」

いきなり殴り倒されそうになったんだ。恨み言の一つ言ってやってもいいかもしれないが……目の前で座り込み、うなだれる姿を見たらそんな気も失せた。

「ごめんなさい……ごめんなさい……！」

「——空腹だ」

「……え？」

ベンチに置いた山さん特製すいとん入りの椀を、自分の分と彼女の分を手に取り。

「腹が減っているから、頭が回らなくて少し判断を間違えた。それだけだ」

そう言って彼女の前に胡坐《あぐら》をかき、手を取って椀を持たせる。

「そ、そんなことじゃ済まされ——」

「俺が持つスキルの中には」

無理やり言葉を遮る。さっきの頑固さから、そんな理由じゃ収まらないってのはわかっていた。

でも、別に反省と謝罪が欲しいんじゃない。彼女の持つ情報が欲しいんだ。

早く立ち直ってもらわなきゃ困る。

「相手の動作、仕草から、なんとなく思っていることがわかるスキルがある……訳有りなのはわかってる。さっきみたいな自衛をしなきゃならないほどの訳……わかってるから、今は食べよう」

「ぁ……」

本当はよくわかってないけどな。それっきり俺は話を切り、黙々と食事を始める。

少し間があって、彼女がすいとんに口を付ける気配があったので見てみると。

「……うぅっ……ぐすっ」

まさか泣くとは思わなかったので俺は内心、大層動揺した。

『精神耐性』も女の涙には弱いらしい。

「……う、うまいか？」

さっきの俺の言い方がぶっきらぼうすぎて良くなかったのか。

なんて声を掛けたらいいかわからず十通りくらい考えたが。

結局出てきたのは、飯の感想を求める無粋《ぶすい》なものだった。

「はい……！　おいしいです……ぐすっ」

「……そっか」

彼女の涙は、止まることはなく溢れる一方で。

流れ落ちた分、すいとんを口に運んでいるようだった。

（やっぱ、戦い以外じゃ役に立たなさそうだな、『洞察眼』）

自分の気の利かなさを棚に上げながら、俺たちは無言のまま、椀の中身を平らげた。

◇◇◇

「……ごちそうさまでした」

「あとで山さんに直接言ってやってくれ」

すいとんを平らげると、俺たちは元のベンチに並んで座り直していた。

ちなみに俺は彼女に対する敬語はやめていた。

殴り掛かられた時からもう言葉遣い崩れてたしな。また戻すのも変な話だ。

「あの、改めて……昨日は助けてくれて、ありがとうございます。それとさっきは、本当にすみません」

温かいものを食べて血色が良くなったのか、赤みが差した顔をこちらに向け、礼と謝罪を述べる。

「いいんだ、気にしないでくれ。情報で返してくれればそれで」

「――はい。私が知っていることでよければ」

自分としてもどうかと思う返しだったが、どうやら早速聞いていいらしい。

「じゃあ、早速で悪いが……そうだな。まずは、君の名前を聞いてもいいか？」

様子を見る限り警戒心も大分剥がれ、そう急ぐこともないと思い、まずはこの娘の素性を探ることにした。

「あ、はい。私は『篝《かがり》 唯火《ゆいか》』って言います」

篝火《かがりび》の『篝』に、唯一の『唯』と燃える火で『唯火』です。と補足。

（……日本人、だよな？　名前は）

種族がハーフエルフというものだから、てっきりモンスターたちみたいに出生元が謎の存在かとも思ったけど。

「なんか勇ましい名前だな。じゃあ、篝さん、君の種族について――」

「『唯火』でいいです」

「え？」

「『唯火』でいいです。呼び捨てで」

なんか食い気味だが、そんなに自分の名前が気に入っているのか。名無しのままのうのうと生きている俺とは大違いだ。

「じゃあ唯火、しゅぞ――」

「はい！」

「……いや、呼んだわけでもないんだが、話を向けるにあたって名前を言っただけで」

「？　名前を口にすることで呼ぶ以外の目的があるんですか？」

いや、ないかもしれないが……失礼な話ではあるが、どこか飼い犬っぽい太々《ふてぶて》しさを感じるレスポンスだ。人付き合いの間合いが随分と独特な人みたいだな。

（――いや。唯火の感覚こそが、健全なコミュニケーションか）

実際俺自身、毒気のないこの感じに嫌な印象を持っていない。殺伐とした思考パターンの俺には少し眩しい。こんな風に感じてしまうようになったのは、いつからだろう。

少なくとも、世界が変わり職業を獲得するよりも前から……きっと、こうだったんだろうな。

「と、とりあえず続きだけど……」

「？　はい」

不自然に間が開いてしまったのを自覚し言葉に詰まる。こうして泥沼の思考に沈んでいくのは悪い癖だ。『精神耐性』と『洞察眼』のスキルを獲得してから、より顕著に表れている気がする。このマインドは意識してコントロールしないと、対人関係で弊害になりかねない。

気を取り直して――。

「――漠然とした質問になるんだが、唯火の種族。ハーフエルフって何なんだ？」

ステータスの中であまりに異様。

ゴブリンならゴブリン、オークならオーク。人間なら人間。

でもハーフエルフってなんだ？

外見は俺と同じ人間にしか見えないのに。

「言葉通り、ですよ……人間とエルフのハーフ。その特性と数の少なさから、『希少種《きしょうしゅ》』扱いされている、種族です」

「……え？　ご両親のどちらかが、エルフってことか？」

やっぱりいるのか？　エルフとかそういうの。

だとしたらこの半年間どころか、もっと昔からこの世界には、種族やらスキルやらが存在していたのか？

「あ、いえ。お父さんもお母さんも、普通の人間です……そうですね、言うなら後天的なもの」

「それって……」

「はい。半年前、頭に響く声と共に、私の体はハーフエルフへと変わったんです」

「そんなことが……」


『あり得るのか？』


そんな疑問は今更だろう。

「ほんと、ファンタジーですよね。耳が尖ったりしていないのはハーフだからだそうです。あと、私の髪。半年前は茶髪だったんですよ？」

「そうなのか？」

その名残《なごり》なのか、赤茶が残る毛先をクルクルとあそばせ懐かしむように言う。

半年経過して毛先の色が落ちていないところを見るに、地毛と言えば地毛だったのか。

「はい……なんでも、体が造り替えられる際、同時に発現した『魔力《まりょく》』が、髪の色素に影響を与えたとかなんとか」

髪は女の命。なんて言うからな、思うところがあるんだろう。

だが、俺の関心は初めて聞く単語に向いていた。

「魔力？　それって、君のステータスにあった『ＭＰ』ってのが関係しているのか？」

唯火のステータスにあって、俺のステータスには表示すらされていない『ＭＰ』。

ゲームとかでは、魔法とかそういう特別な力を行使するために必要な数値。ずっと気にはなっていたんだ。多分、さんざんゲームみたいな仕様が出てくるんだから、想像通りだろうけど。

「あ、そうですね。聞いた話になってしまうんですけど、『ＭＰ』は魔力が発現した人にしか認識することはできません。種族や職業、個人の資質によって魔力が発現するか決まってしまうので、まぁ人それぞれですね。でも、明確に認識できないだけでどんな生物にも『ＭＰ』は存在するようです。スキルの使用限度もその残量に依存します」

「……『ＭＰ』が底を尽きるとどうなるんだ？」

仮に、生命力のようなものだとしたら最悪、死に至るとか……。

「大丈夫ですよ。体に悪影響があったり、死んでしまったりはしません」

こちらの心配を見透かしたように唯火は言う。

「ＭＰを消費するスキルは使用できなくなります。『常時発動型』のスキルは、その限りではないらしいですが」

「なる、ほど……すまないが、『常時発動型』とそうでないスキルの定義も教えてもらえると助かる」

これも大方予想はつくが、知ったかぶりで誤認しては、命に係わる。

「はい。と言っても、私もかなり大雑把《おおざっぱ》にしか知らないんですけど……えっと、常に動きが速くなるとか、力が強くなるとか、体力が増えるとかそんなのが常時発動型で。任意に、意識して発動するスキルがMPを消費するスキル、です」

ふむ……確かにざっくりとしてる。

俺のスキルで言うと『平面走行』とか。平面的な機動力、身体能力が向上する……。

（うーん。かなり定義が曖昧だな？　どのスキルも細かく出力を意識してコントロールできるし、これも任意の発動と言っていいんじゃないか？）

いずれ、このあたりの検証も必要だろう。

「――なるほど。ありがとう。参考にさせてもらうよ」

そして、次ぐ疑問。

「でも『魔力』が発現しても、恩恵は『MP』の容量が認識できるようになるだけなんだな？」

なんというか、最悪あっても無くてもというか。

少なくとも今のところ俺は不便に感じたことはないが……いや、仕様によるか。

肉体の疲労度のように、スキル使用によるMP消費を漠然と認識できるとしたら、経験でどうにでもなる。だが、MPの増減を、感覚的にも認識できないとしたら？

戦闘中などの場面で突然MPが底を尽きスキルを使用できなくなる。そう考えると中々に致命的だ。

「んー……私は最初から魔力があったので、よくわからないんですが、『魔力』を操り『MP』を知り『スキル』が深まるようです。あると無いとでは格段に違いが出るみたいです」

ふむ。いまいち眉唾《まゆつば》な話だが、いずれ俺にも魔力が発現するのだろうか？

いずれにしても唯火の口ぶりから、持たざる者のケースに関してはあまり詳しくないようだ……ん？

「そういえば、『MP切れ《マインドダウン》』ってどんな状態なんだ？」

ここで一つ、ある矛盾に気付き、矢継ぎ早に問いかける。唯火のステータスを『目利き』で見た時、状態の項目に記されていた。まぁ、文字の通りではあるだろうけど。

「あー、それは、ですね……」

「……？」

どこかはぐらかすような態度をとる唯火。

なかなか言葉が出ず、迷うような素振りを見せていたが。

「――MP切れ《マインドダウン》。文字通り、MPの残量が底を尽きた状態です」

どうやら教えてくれるらしい。

「じゃあその状態だったから、唯火はあのゴブリンジェネラル達に追い詰められていたのか」

無言で頷く唯火。

ゴレイドは確かに強敵だった。俺にとっては。けど、唯火にとってあそこまでの窮地に追いやられるような相手ではなかったはずだ。

「さっき、体に悪影響があったりはしないと言いましたが……」

最初から魔力が発現している唯火は、そうでない持たざる者のケースについて、そう有益な情報を持っていなさそうと評価を下した時。自分と彼女との違いに、考えを深めようとした時に憶えた引っ掛かり。感じた矛盾を補足してくれるようだ。

中々に頭の回転が速い。こちらとしても助かる。

「エルフやハーフエルフは例外らしいんです」

「種族の違いが原因……？」

小さく、はい。と肯定し、続ける。

「人間や他の種族であれば、MP切れ《マインドダウン》の状態になっても、パラメーターの基礎能力で戦えると思います。けど、私は……ハーフエルフは、普通に生きていくだけでも『魔力』に大きく依存しているんです。ですから生命力の指標ともいえるMPを失えば、全ての能力が大幅に減退し身動きが取れなくなってしまいます……それこそ、格下のゴブリン相手でも戦って勝つのは難しいほどに」

「……魔力を初めから宿し、その扱いに長けた種族の弱点……諸刃《もろは》の剣《つるぎ》ってやつか」

そうですね、と自嘲気味に微笑む。

「けど、そんな致命的な弱点、会ったばかりの俺に教えて良かったのか……？」

追っ手がどうとか言っていた。彼女が厄介ごとを抱えているのは間違いない。見ず知らずの俺に教えることのリスクを、考えないわけがない。

「命の恩人に、隠しごとはできません。信じてますから、あなたのこと」

直視するには眩しいくらいの実直さ……会って間もないのに、随分と信用されたもんだ。

ある意味――。

（裏切りを未然に防ぐ、強烈な楔《くさび》。ともとれる）

「――もし、その判断が間違いでも。私、きっと後悔しません」

……彼女に自覚はないだろうが、とことん突いてくる。先回りして――。

「――そうは、ならないさ」

だから、一時。全ての懸念を放棄して確約する。

「今聞いたことは、誰にも言わない」

「……はい」

それが、急ごしらえの信頼に対し、俺にできる精一杯の誠意。

（――それにしても、唯火がMP切れ《マインドダウン》に陥るほどの戦いを潜り抜けた後。もしくはそんな状態にならざるを得ない環境だったんだな……）

今はまだそのことに触れないでおこう。

もし、彼女が助けを必要とした時。その時考えよう。

……俺のほうが弱いけど。

「……ん？」

そんなことを考えていると、唯火が俺をじっと見つめているのに気付く。

「あ、ああ。じゃあ次の質問なんだが――」

「あの」

僅かに前のめりになりながら俺の質問を遮り、声を上げる唯火。

「ど、どうした？」

「すみません、私が情報を提供するのがお礼なのはわかってるんですけど……私も、あなたに聞きたいことがあるんです」

まぁ、それもそうだ。俺から見て唯火も得体が知れなかったが、彼女にとっては今も俺は得体の知れない存在だろう。ステータスはさらけ出したが。

「――そうか、そうだな。こっちばっかり質問するのもなんだしな。なんでも聞いてくれ」

知っている範囲。自分の名前以外なら答えら――。


「あなたの名前を教えてください！」

――そうだね、自己紹介って大事だよね。


「あー……」

そういえば説明を省いていたな。

別に名前がなくなってしまったことは、俺の中ではもうそんな大事ではないのだが。こういう時に面倒くさい。

「……」

（そんな期待に満ちた、キラッキラな眼差しで見ないでくれ……）

ていうか、ステータス見せた時、名前のところ見なかったのだろうか。

いや、普通名前だけがこの世から消えたとか思わないか。

「名前……名前な」

《『名』の項目に、現在保留中の選択肢があります》

「はいっ。教えてください！」

ん？　なんだ今の……まぁいいか。

「その、だな。なんというか、名乗る名前を持ち合わせていないというか」

「……？」


俺は、世界から自分の名前が消えてしまったことを、ありのままに話した――。


「……にわかに、信じがたい話ですけど」

「ピンポイントすぎるよな」

「なにか、原因みたいなものはわからないんですか？」

「いや。あまりにも理解不能な現象だから、ただの怪奇現象としか思ってなかった」

だってそうだろ？

世界から名前の記憶と記録が消えるなんて、規模が大きいような小さいような摩訶不思議な現象、原因を探して究明しようなんて途方もなさすぎる。

「……名前が書かれていた物って持ってますか？　免許証とか」

「ああ。それなら沢山あるぞ」

さすがにまだ信じられないのか、証拠の提出を求めているんだろう。

俺はいまだに持ち歩いている資格証などが入ったカードケースを懐から取り出し、唯火に手渡す。

目が覚めた病院以来だな、こいつを出すの。

「これは……資格証、免許証……会員証まで。全部一緒くたにしているんですか。す、すごい数ですね」

「まぁ……多趣味でな」

ここで自分の器用貧乏体質について唯火に話しても仕方ない。適当に答えておく。

「本当に、全部名前のところだけ消えてる……あれ？」

「ん？　どうした？」

「あ、いえ……ところどころ不規則に、何カ所かカードが入ってない空白のところがあるので、どんな区切りで整理してるのかなと」

空白？　端から全部詰めていってるからそんなものなかったはずだが……ケースを受け取り、俺自身検めてみる。

「……ほんとだ。俺の記憶違いか？」

別に五十音順に入れるとかそこまできっちりしていなかったしな。

とにかく、これで彼女も納得しただろう。

「こういうわけで俺の名前はこの世から消えたんだ」

「……確かに、不可解な現象ですね」

まぁ、この世界全体の変化に比べたら、俺一人の名前がどうなろうと大した問題じゃないだろう。

「名前がなくても現状、俺自身は不便ないけど、こういう自己紹介のたびに頭のおかしい奴と思われるのがネックだな」

《『名』の項目に、現在保留中の候補がありません》

「そ、そんな！　そんなこと思っていませんよ！」

……ん？　また、なにか……。

「でも、困りました。あなたのことを何と呼べば……」

「あ、ああ……まぁ、好きに決めてくれていいよ」

《――承認。候補からランダムで選択……候補は一件のみ》

「だから！　何なんだ、さっきから！」

「ひゃっ!?　ど、どうしたんですか？」

「あ。い、いや……なんかさっきから例の天の声が――」

《名を更新。――――=――――が選択されました》

「――へ?」

聞き覚えのある文字の並び。

天の声の内容から、俺はようやく何を言っているのかなんとなく理解し。

「……す、ステータス!」

一番上の項目。

その者が何者かを表す、第一の証明。そこには、聞き覚えのある文字列……これを言葉に発していたのは名を持つモンスター、ゴレイド。

「あ、あの~……どうしました?」

ステータス画面を見つめたまま固まる俺を不審に思ったのか、唯火は恐る恐る横から画面を覗き込み。

「『ワルイガ=ナナシ』……?」

「……ドウモ、ナナシ、デス」

【第四章】青天の霹靂

「――そうですか。あの、ゴブリンジェネラルが」

「ああ……確かに言っていた。よくわからないけど、それをあの天の声は俺が名乗った名前だとか、よくわかんない手違いでもしたんだろ」

そう言ってもう一度ステータス画面を開く……ナナシさん。

気難しそうな顔で画面を見つめ、しばらくすると。

「ま、いいか。ないよりあったほうが」

「い、いいんですか？」

一転、吹っ切れたように言い放ち画面を閉じる。

「正直ぜんぜんしっくりこないけど、まぁ仮名《かめい》ってことで。とりあえず俺は名無しのナナシ。ワルイガ＝ナナシ」

「……そうですか。じゃあ私も『ナナシさん』って呼んでもいいですか？」

多分『ワルイガ』が姓で、『ナナシ』が名だろうと思い、どさくさ紛れにねじ込む。

すると彼は、人に言われるとやっぱりしっくりこないな。と、困ったように歯を見せて笑う。

（ぁ……こんな笑い方するんだ）

他意はないけどなんとなく。ほんの少しだけど、冷血漢なイメージがあった。

でも、今見せてくれた表情《かお》は、同い年くらいの普通の青年だった。

「……初めてだな。目が覚めて、名前で呼ばれたの」

仮名《かめい》だけど。と言いながらどこか遠い目をするナナシさん。

「――じゃ、じゃあ。私が『ナナシさん』の生まれて初めて名前を呼んだ人間なんですね？」

えへへ、なーんて……人間じゃなくて、ハーフエルフだけど。


「……俺が、生まれた？」


一拍置くと、呆けたようにこちらを見つめる。驚いたような表情でもあるか。

「あ、えっと。ほら！　半年間眠っていた人が眠りから覚めて、世界はまるで変わっちゃってて……自分を指す名前が無くなって。で、新しい名前を新しい世界で名づけられたら、それはもう別人？　生まれ変わり？　みたいな……」

「……」

あ、あれ？　もしかして私変なこと言っちゃって……るよ！

眠って起きた直後にこんな世界で名前まで失《な》くしちゃって。

そ、そんな状態、私だったら自分がどこの誰なのか不安で心細くて仕方ないと思う……のに、こんな軽いノリで『生まれ変わり』なんて――。

「……くくっ」

「――え？　あ、あの……」

あまりに無神経な自分の失言に、血の気が引く思いでいると。

「ははっ……はははははははっ……！」

「へ？　え？」

どこがツボに入ったのだろう、ナナシさんは目に涙を浮かべるほど笑いだす。

「くくっ……確かに、確かにそうだ。それはもう、別人だ……」

「えーっと、あのー……」

どうしたんだろう。

笑い泣き、っていうか……もしかして、泣いているの？

◇◇◇

突然笑いだした俺は、彼女の目に、さぞ奇怪に映ったことだろう。

「――あぁ……そうか。俺は『生まれた』んだ」

「？」

エポックメイキングっていうのか？

唯火の話を聞いて気付かされた……他者に言われて改めて気づけた。

今まで命を懸けてもいい執着先だの、自分が何者かだの、のたまってきたけど。

（思い返せば、結局俺が追っかけていたのは、過去の自分。『何者だったのか』？）

『器用貧乏』と自分を呪い。

『何者にもなれない』と言われた、過去の自分。

けど、目の前の女の子は今の俺が、この世界に新しく生まれたと言った。

なら、半年前の俺は、前世の俺。


今の俺は、今。生まれた――ワルイガ＝ナナシ。


（病院で、目が覚めて、何かを掴んだような漠然とした感覚。こいつだったのかな）

俺だった俺は、もはや俺じゃない。月並みに言えば、やはり生まれ変わったんだ。

「……でも、捨てはしない。前世《いままで》の俺も、全部俺なんだ」

「？」

そして、今の俺は、その先の俺は、これからの俺だけのもの。

「あ、あのー、ナナシさん？」

見ると、いい加減かなり怪訝《けげん》な視線を受けていることに気が付く。

（……今思い至ったことを、この娘《こ》に話しても変人扱いされるだけだよな）

「いや……なんでもないんだ……ありがとう」

「？？？」

自分の中に沈み込む思考は中断し、きっかけをくれた唯火に感謝を告げた。

会って間もない彼女の存在が、俺の中で少し大きくなったのを感じつつ、話を再開する。

「とにかく、俺は今後『ワルイガ＝ナナシ』って名乗る」

「は、はぁ……」

「もう他に聞きたいことはないのか？」

質問に答える流れだったのを思い出し催促すると。

「あ、あります！　ナナシさんの年齢を知りたいです」

「二十二だ」

「あ、四つ上……やっぱり年上なんだ」

そっかそっか。と一人頷きながら何やら考えている様子。

（となると、唯火は十八か……思った以上に若いな）

物腰の感じから、同い年か若干上かとも思っていたが。人間の一生から見たら大した年齢差ではないと思うが、この半年の変化で言ったら別だ。

（目が覚めてから、俺もそれなりに地獄を見たと思っていたが……この娘のレベルを考えると）

俺なんかよりも、もっと修羅場を潜り抜けてきたのだろう。

先ほどこちらの意識を刈ろうとした動きと、体が硬直するほどの恐怖を与えられた謎のスキル。

それらが物語っている。

「あの、じゃあ次は――」

唯火が興味津々と言った様子で、次の質問を投げかけるかと思われた、その時――。

「――もう、七時か」

公園中央に立つ時計の時報が鳴り響く。午前七時を知らせるものだ。

「悪いけど、唯火。いったん話は終わりでもいいか？」

「え？　は、はい……」

この一週間、ゴブリンが決まって出現する六時から一時間が経過した。

普段ならとっくに群れを殲滅してその日はもう出現しない。

今のところ、公園に出現する様子も、今までのパターンを無視し襲ってくる様子もない。

そろそろ、こちらから探しに行っても大丈夫だろう――。

「えっと……どうしたんですか？」

ベンチを立つ俺に問いかける唯火……少なからず、彼女を助けたことが起因しているからなんとなく話しづらいが、教えとくか。

「実は、この公園付近には毎日、ゴブリンが出現するんだ。だから今から見回りに行こうと思う」

「――あ。そう、ですね。そんなリスクもあったのに、助けてくれたんですよね……ホントになんとお礼を言ったらいいか」

実際、助けられ。一宿一飯の施しを受けた俺と皆に申し訳なさを感じているのか、声色にそれが滲み出ていた。フォローの言葉を投げかけようとすると――。

「でも、大丈夫ですよ」

いまだ申し訳なさげな表情で彼女が話す内容は、驚くべきものだった。

「多分もう、地上にはモンスターは湧きません。少なくともこの一帯は」

「……どういうことだ？」

「あのゴブリンジェネラル。人語を操る『名持ち《ネームド》』。だったんですよね？　名持ち《ネームド》は、通常のモンスター湧きなどでは滅多《めった》に出現しないといわれています。各地で目撃される名持ち《それ》の多くは、特殊な条件を満たした時に現れる……そして、名持ち《ネームド》を討伐した一帯は、スキルを使用しても新たにモンスターが出現することはなくなります」

「本当か!?」

ゴレイドは特別強力な個体。つまりボスキャラみたいな存在だったってことだろうか？

その話が本当なら公園《ここ》のみんなは、もうモンスターの影に脅かされないで済む。

「――ですが」

俺は内心歓喜していたが、彼女は含みのあるように続ける。

「それは、束の間の安全に過ぎません……」

「……何？」

その言葉の真意を聞き出そうとした瞬間――。

「っ！　地震……？　でかいな……」

「……」

地の底から這いあがってくる唸り声のような地鳴りを体の芯で感じ、会話を中断させられる。

屋外にいるというのにこれだけ揺れを実感できるなら、相当な震度だろう。

「ぉおーーーーい！」

地鳴りはほんの数秒で収まり、間を空けず今度は、山さんのホームレス仲間の一人が慌ただしくこちらに駆け寄ってくる。

「はぁっ……兄さん！　今すぐ来てくれ、離れの噴水のほうだ！」

「どうしたんだ？　まさか、モンスターが――」

「ナナシさん」

短く、鋭さを感じる声色で、聞き馴染みのない名を呼ばれそちらを振り返る。

「――大丈夫です。モンスターではありません」

「……唯火？」

その神妙な様子に困惑しながらも。

「行きましょう。行けばわかるはずです」

「え？　あ、ああ」

緊張感漂う唯火の表情に気圧《けお》され、案内されながら、公園の中でも少し外れの噴水がある広場へと急行すると――。


「――なん、だ？　これ？」

「やっぱり……」

噴水があった場所で俺たちが目にしたものは……。

「――門？」

「……」

形状は長方形。

その形に枠を成し、艶消しの材質に幾何学模様《きかがくもよう》が刻まれた、門。奥行きはさほど長くはない。

恐らく地中から生え出たのか、広場に敷かれたブロックが砕かれ、まくれた土が露わになっている。

「ナナシさん……この門。その向こうにあるのは」

「お、おい！　迂闊に近づくと――」

こちらの忠告も聞かずに、唯火はそびえ立つ対象へと数歩前に出て、言う。

「人類未踏の魔窟《まくつ》にして、モンスターたちの巣窟《そうくつ》……」

そしてこちらを振り向き、こう言った――。

「――『迷宮《ダンジョン》』です」

◇◇◇

～人里離れたとある森林～

「――ふぅ。やっと着いたぜ……この『門』がそうか」

街から数キロメートル離れた、緑がやけに濃い森林。

土を踏みしめながらそんな場所をしばらく歩くと、周りの景色から浮いた、明らかに人工物のブロック塀が見えた。その一角は重厚な鉄板の両扉になっているらしい。

端々に、文明の名残、監視カメラが散見される。

「……おい。無駄口を叩くな」

「――へへっ。すいやせん……」

そんな景色に呆けて感心していると、背中を押され雑に前進を促される。

それに対し、貼り付けた笑みと、用意しておいた謝罪文で答えた。

「……胡散臭い奴だ」

「――――っへへ」

随分と警戒されていやがる。まぁ、当然と言えば当然。不本意ながらも、想像してみる。

もし俺がこいつらの立ち位置だったならば……まぁ、胡散臭いことこの上ない。

早々に災いの種として芽を摘む。

(そう。それが普通だ……なのにこいつら、こんな場所にまで案内してきやがった)

詳しい内情は知らないが、俺みたいな猫の手……それ以下の、野獣の手も借りたいぐらいの状況らしい。

(っは！　やっぱ運は俺に向いてる)

恐らくではあるが、この案内役に最初に食わせてやった『情報《エサ》』が。今のこいつらにとって、極上の代物だったんだろうよ。

(この分じゃ、お前の出番はねぇな――)

門を潜《くぐ》り、建屋の中に入る直前、首をひねるように上空を見上げる。

その視線の先。数百メートル上空で、逆光により現すシルエットへとシグナルを出す。猛禽の目は便利なことこの上ない。

「……おい、いい加減にしろ。早く入れ」

「――へいへい」

さて、存分に利用させてもらうぜ――。

◇◇◇

「ダン、ジョン……」

噴水を破壊しながら、地中から突き出ている四角い門を見上げる。

「迷宮《ダンジョン》、って……あれ、だよな？」

モンスターとか罠とか宝箱とかがある、建物というか地下というか……あれだよな？

「――この半年間、世界中で出現が確認されているようで、私も実際に見るのはこれで二つ目です」

なんというか、こう、実感するな。

今まで見慣れた文明の景色の中に、モンスターが出てきていたから、まだなんとなく人間側《こちら》のホーム感があったが。目の前の建造物は明らかに、異質で異様。

「本当にこんなものが、現実にある世界になったんだな……」

そして唯火はこう言っていた。

『モンスターたちの巣窟』

（目の前のこいつは、門。もしその言葉通りの意味なら――）

「……安心してください」

心でも読んだのか、俺の中に生じた焦燥に答えるように彼女は言う。

「このダンジョンは、まだ活動していません。入ることも、内側から出ることもできない状態です」

「活動、していない？」

「はい。それにその状態になったとしても、こちらから侵入できるだけで、すぐに中からモンスターが出てくるようなことはありません」

聞いただけの知識ですけど、と付け足す。

「要するにダンジョンが活動をしていないなら、干渉もできないし危険もない、ということか」

「はい。今のところは」

なるほど。今のところ、ね……以前にも、他のダンジョンを見たことがあるという唯火の話を信じるしかないか。

「しかしなんだって急に現れたんだ？　それに、その口ぶりじゃ活動しているダンジョンがあるってことだろ？　ここだっていつそうなるか……」

現状、安全だとわかった目の前の門を観察しようと、近づきながら疑問をこぼす。

すると唯火はその答えも持っているようで。

「出現した理由はわかっています。それと、活動を開始する明確なきっかけ……『鍵』とでもいうんでしょうか」

「きっかけ……『鍵』……？」

俺の横に並び、続ける。

「一つに、このダンジョンが現れた原因。発生にはいくつか条件のようなものがあるらしいんですが、すでにこの一帯で、その中の一つに該当する現象が起きました……ナナシさん。いえ、私が引き起こしたことですね」

「？」

「……名持《ネームド》ちモンスターの討伐」

名持《ネームド》ちモンスター……ゴレイドのことか。

「ごめんなさい」

再び頭を下げる唯火。

「やっぱり、結局……私のせいなんです。ナナシさんがゴブリンジェネラルに襲われている私を見つけてくれるまでの間。私は、モンスターを呼び寄せることなんて気にせずに、スキルを使い続けていました。だから――」

私のせいなんです、と。

俺が、スキルの出力を絞ってゴブリンの出現を減少させていったのと同時期に、この近辺に唯火が現れた。モンスターを引き寄せるスキルの使用と、名持《ネームド》ちモンスターを伴って。

「……そうなると単純に考えて。使うスキルが、使い手が強ければ強いほど強い個体が寄ってくるってことなのか？」

「それは……わからない、ですけど」

なるほど、そこの因果関係がはっきりしていないなら――。

「――なら、偶然。って可能性のほうが高い気がするけどな」

「え？」

意図して、気安い口調で続ける。

「前、この公園にモンスターが湧いた時は、完全に収まるまでひと月かかった」

「は、はい」

一連の経緯は既に話してある。

『日時経過』に、モンスター出現の……ある種の法則があるとして。唯火を見つけたのが昨日、俺がゴブリン出現の波に目途を付けたのも昨日、同日だ」

「そう、ですね」

「さっき言っていた、名持ち《ネームド》モンスターが出現するのに必要な、特殊な条件。それが今回のゴブリンに関しては、『発生後一定期間の経過』もしくは、『一定数のゴブリンを討伐』あるいは、『一定期間、連日でゴブリンを討伐し続ける』ってところか」

「……」

強いスキルに、より強い個体が引き寄せられたなんて、それこそ条件と言うにはお粗末な気がする。

特殊でも何でもない。

「要するに、結局あの戦いは……この公園の皆や、俺にとって避けられないものだったんだ」

こちらの推測を伝え終えると、口元に手を当て数秒物思いにふける唯火。

今聞いた仮説と、自身の記憶と知識をすり合わせ、頭の中で整理しているような仕草……断りもなく『洞察眼』で観察するのは、少し気が引けるな。

「ナナシさんって――」

口に出す言葉が決まったようだ。

「気遣いが『器用』なのか『不器用』なのかわからないですね」

「……」

まぁ、この件に関しては自覚はしている。穴のある理論で、とりあえず気にするな、と言っているだけだし。だけど、まるっきりデタラメでもない。そんなどっちつかずの、よく言えば中道。

「ま。それが、器用貧乏《俺の売り》。だからな」

「？」

疑問符を浮かべているような表情の唯火。ことさら説明するようなことでもない。

様子を見るに、もう過度に自身を責めているような感じでもないし、さっきの話の続きを始めても問題ないだろう。

「話を戻そう……名持《ネームド》ちモンスターを倒したことによって、ダンジョンが出現した。ってことでいいのか？」

俺の言葉に目を伏せて一呼吸つくと、唯火は平静を取り戻したように続ける。

「――はい。私が以前に入ったダンジョンも、同じ理由で出現したと聞いています」

「……ふむ」

名持《ネームド》ちモンスター。迷宮《ダンジョン》。

もし、唯火の居ない状態でこうも立て続けに発生する問題に直面していたら……さすがに平静を保てるか怪しいところだ。局面を見誤り判断を間違っていたかもしれない。

彼女がもたらしてくれたこの情報たちは、掛け値なしの命綱。

(あの時、唯火を助けられてよかった……けど)


思った以上にこの世界の事情に明るいみたいだ……それ故に――。


(……たったの半年で?)

疑念が浮かぶ。知りすぎている。

(ダンジョンに入ったこともあるって言うし、そんな期間で普通ここまで情報を絞れるんだろうか?)

病院で聞いた話では、公《おおやけ》じゃスキルやステータスの情報を取り扱うだけでデリケートに扱われるらしいというのに。

それに、眠っていた俺にとって半年というのは、周囲に取り残されるには十分な時間だったが、あの手段を選ばない魔物使いでさえレベルは5だった。

（俺自身のレベルの上昇率から、半年という時間で唯火ぐらいのレベルへ到達するのは、そう珍しいものではないかと勝手に思い込んでいたが……）

彼女の強さ、有する情報量。今までの話しぶり、言葉の端々から、単独で行動していたわけではなく、この量の情報を得ることができる環境に身を置いていたと推測できる。

そして、多分それは彼女の本意ではない。

（俺が聞いていないだけだが、唯火の素性に秘密があるのは間違いない）

ゴレイドを倒し、助けたことに何の悔いもない。

彼女の人柄に悪い印象は抱いていない。

嘘をつかれている様子もない。

あまりに短い付き合いだが、こちらもステータスの開示という最大限の一手は打った。

最低限の信頼を得ていると思う。

（……だったら、いいよな？　唯火《この娘》は手放しに信じちまっても）

『精神耐性』により、心は平静だ。

その冷えきった思考、頭の片隅では、この少女を信用することに警告を発している。

『厄介ごと。騙されているかもしれない』

けど、反面。それを、虚しく俯瞰する自分がいる……誰も信じられなくなることは寂しいこと。
そんな子供じみた感傷――。

「――そうだ、名持《ネームド》ちといえば……」

「？　何ですか？」

ポケットに入れっぱなしにしていた、ある物が関係しているかもと思い、話を切り出す。

そうすることで、正解などない自問自答を、無理やりにでも終わらせたかった。

「実はこれなんだが……」

「綺麗……これは、宝石……じゃなくて、『魔石《ませき》』？」

緑色の卵大の石を彼女に手渡すと、興味深そうにそれを眺め、これまた聞き覚えのない単語をこぼす。

「なんだかわからないんだが、あのゴブリンジェネラルを倒した後に落ちていたんだ」

「――え!?」

唯火が驚きの表情を見せた瞬間、彼女の手の平に乗った石は、光を放ち始める。

「な、なんだ？」

「う、そ……」

光る石は手を離れ浮遊し、ダンジョンの入り口へと吸い込まれ、閉ざされた門にぶつかることなく
溶け込むようにすり抜けた。

「門が、脈打ってる……？」

「……ダンジョンが、活動を始めました」

「何……!?」

数回だけダンジョンから発せられる鼓動のような音を耳に聞きながら、唯火はとんでもないことを言い出す。

「今の『魔石』が、ダンジョンが活動を開始するための、『鍵』だったんです。ごめんなさい……私が不用意に受け取ったばかりに」

「今のが鍵？　どういうことだ？」

「あの魔石は、名持《ネームド》ちを倒した時だけドロップできる、ダンジョンの鍵となる魔石……『魔力』を持つ者が触れると、対象となるダンジョンの鍵としての役割を発揮するんです……この話を、先にしておくべきでした」

つまり、魔力が発現していない俺が持っていても何ともなかったけど。魔力を持つ唯火に、俺が渡したから反応したってことか。

「……いや。俺の不注意だ。得体の知れないものならまず確認するべきだった、すまない」

あの魔石が魔力を持つ者に害をなすものだったら、取り返しのつかないことになっていた。唯火に落ち度はない。くだらない感傷に浸って、思考がおざなりになっていた。

名持《ネームド》ちモンスターとダンジョンの関係性を聞いておきながら、最悪の想定に至らなかった俺のミスだ。

「ナナシさん……」

「気にするな。今は、これからどうするかを考えよう……話の続きを聞かせてくれ」

さっき、ダンジョンが活動を始めても『すぐに中からモンスターが出てくることはない』と言っていた。つまりは、何か事が起きるまでに猶予があるってことだ。

「……私が知るのは、三週間。ダンジョンが活動を開始してしばらくすると、そのダンジョンに生息するモンスター……それらを統《す》べる存在が現れるんです」

「統べる……ゴブリンジェネラルみたいなやつか？」

「いいえ、もっと別次元の……その種の『王《キング》』と呼ぶべき、そんな恐ろしい存在です」

「じゃあまさか、その化け物が……」

嫌な予感ほどよく当たるものだ。続く言葉にそう思わざるを得なかった。

「はい。配下のモンスターを引き連れて地上へ進出し、その一帯を支配下に置く習性があるそうです」

「まじかよ……」

想像していたよりも、状況はやばそうだった。

魔物使いを退けて、モンスターの湧きも収まってきたっていうのに……みんな、ここ以外に行き場がない。こんな世界になって、他の場所で安全に住める保証もない。

そんな化け物が出てきたら、この公園に暮らしているみんなは……。

「なにか、手立ては……」

この場所は、皆にとって特別だ。ここで育まれてきた絆《きずな》も特別だ。そんな場所を追いやられるのはどれほど辛いだろうか。

最悪を思えば、ここを出て行くのが最善なのかもしれない。でも、少なくとも、彼らと交流を重ねてきた俺からそんな提言をすることは――。

「――モンスターの地上進出を止める方法が……一つだけあります」

「……聞かせてくれ」

今は、唯火の情報に頼るしかない。

「モンスターが地上へ侵攻するまで時間があるのは、それまでにそれらを統べるモンスターが出現していない。もしくは、それになり得るモンスターが成長段階だからという仮説があります」

「……なるほど、そいつが居るなら、ハナから外に出てきているはずだ」

だったらダンジョンの入り口なんか作らず機を窺っていればいいのに……いや、順番が逆か。ダンジョンが先に出現するのだから。

「はい。そして、『王』が居る場所はダンジョン内の最下層。そこへ行き、条件を満たすと、ダンジョン内のモンスターは消滅し、そのダンジョンをこちらの支配下に置けます」

――そういうことか。

「つまり、その『王』が出てきて手が付けられなくなる前に、ダンジョンを制圧して無力化する」

「はい。その猶予が数日か数か月か、あるいは数年なのかはわかりませんが」

いずれにせよ、のんびりもしていられないってことだな。

「制圧するにあたって、最下層で満たす条件っていうのは？」

「一例ですが、『王』が誕生していない状態であれば、その資質を持つ個体が待ち受けています。その個体すら出現していないのであれば……孵化《ふか》を待つ『卵』のようなものが存在する、と聞いています。それらを、討伐、破壊することができれば、きっと……」

「……そうか」

随分と自信なさげな唯火の声色。彼女としてもダンジョンを見るのは二例目。その情報は確証のあるものではないのかもしれない。

（それでも、何が起きるかわからないにしても……やるしかない）

噴水を破壊し、地から生え出た入り口を見上げる。

「中がモンスターの巣窟だろうが、罠が待っていようが。やってやる」

「……あなたなら、そう言いますよね」

唯火が何かをつぶやいた気がして振り向くと、彼女はどこか物憂げな表情で頷いた。その儚《はかな》い肯定に背中を押され俺は、決意を言葉にする。

「――ダンジョン攻略だ」

◇◇◇

この場所に来てから早くも二日。

「退屈で死んじまいそうだ……」

少し寝返りを打つだけで、大げさに軋む安物のパイプベッド。その上で仰向けに天井を眺める。

次に、鉄格子《てつごうし》で遮られた天井近くの小さな窓へ視線が向く。

「……ちっ。空もろくに見えやしねぇ」

天井、壁、床。何もかもが白い、目がちらつくような部屋……いや、出入り口のドアだけは物々しい鉄の鼠《ねずみ》色か。

「……つかよぉ」

最後に、陶器製の白い椅子……ではなく、便座に目を移す。今尻に敷いている寝床と同じ空間にあり、個室どころか、パーテーションすらもないこの無配慮なレイアウト。

「独房じゃねぇか！」

二日前にこの部屋へ連れられてきた時点で、わかりきっていたことだが。

「くそっ……こっちは貴重な情報源だぞ？　丁重に扱えよなぁ」

まぁ、それでも。少しの時間待たされる程度なら別に我慢もできた。けど——。

「二日間！　二日間だぞ!?　あいつら俺の『情報《エサ》』が欲しいんじゃなかったのかよ!?」

こっちの持つ情報を連中が欲しているのは間違いねぇ。なのに、俺をここに連れてきた下っ端《したっぱ》は、情報の一端だけ聞いて、そっから先は突っ込もうとしなかった。

「一体どういう腹積もりなんだよ……のこのこと屋内に付いてきたのがまずかったか」

『隷属』で手なずけたあの鳥《モンスター》が居れば、大抵の状況でも離脱するのは容易い。実力差のあったあの【鑑定士】野郎からも軽々逃げおおせた。あの一時的な成功例が、俺の警戒心を薄れさせやがった。

こんな閉ざされた場所からじゃ、外にいる鳥に指示も出せねぇ――。

「くそがぁ！」

忌々《いまいま》しい男の面を思い出してパイプベッドを蹴り上げる。と――。

「――おい」

一つだけある扉の向こうから、こちらに向かって声が発せられた。

（なんだ？　この二日間、飯を寄こす以外一度も干渉してきやがらなかったくせに……騒音の苦情か？）

まぁ、何でもいい。退屈していた上にムカついていたところだ。

口八丁で下っ端を挑発でもして――。

「今からここを出て、あるお方に会ってもらう……扉を開けるから、部屋の隅に膝をつき控えていろ」

（……ちっ。随分と待たせやがって）

『お方』。と来たか。ようやく下っ端じゃねぇ、上客がおいでなすったようだなぁ？

「だったらもう少しの間――」

お行儀よくしてやらねぇとな。

◇◇◇

～池さんの住処～

「武器よし。防具よし。食糧、水よし……と、こんなもんか」

念入りに装備とバックパックの中身を確認し終えると、山さんに声をかけられる。

「――本当にもう行くのかい？」

「ああ。猶予はあるみたいだけど、いつまでっていう確証がない以上早いほうがいい」

唯火が知る一例では三週間と言っていたが、ダンジョン内のモンスターを率いるという『王』とやらは、それに成り得る個体が成長して、その座に就くという事例が確認されている。時間が経てば経つほど、確実に事態は悪化していく。ならば、先手必勝が最善手。

「……はぁ」

俺の返答を聞くと、どこか呆れたように浅く息を吐き、首を振り、困り顔で続ける。

「それは散々聞いたから知っとるよ……ワシが言ってるのは唯火ちゃんのことだよ」

小さく、朴念仁《ぼくねんじん》が。と言われた気がしないでもないが、返答は決まっている。

「……あの娘には黙って行く。あれで結構厄介ごとを抱えていそうだからな。ありもしない責任を感じて、俺に付き合うと言われても……正直、重荷だ」

外套を肩に、剣を腰に、バックパックを手に立ち上がりながら答え。

「あんた……本当に不器用だねぇ」

「はは。これでもいろいろ考えて動いてるんだけどな」

今の俺は、ダンジョンのことで手いっぱいだ。

会って間もない唯火の厄介ごとを分かち合う実力も。

自分のことをそっちのけで他人を構おうとする、あの娘の善意を撥ねのける余裕もない。

あの娘には自分の事情に集中してもらいたい。

であれば、こちらもダンジョン攻略に集中できるというものだ。

「……そうか、入り口まで見送るよ」

「ああ」

早朝の公園を山さんと並んで歩く。目的地はもちろんダンジョンの入り口。

「本当に、お前さんには世話になりっぱなしですまない……」

「好きでやってるだけさ。ここでやらなきゃ、池さんにも合わせる顔がないしな」

「足向けて寝られないね……せめて、ワシらの作った装備《もん》が役立つといいんだが」

「それこそ、感謝するのは俺のほうだよ――」

左腕を覆《おお》う慣れない拘束感。金属が軋む微かな音を聞きそれを噛みしめるように握った拳を見つめ、ゆっくりと開かれた黒色《こくしょく》の手の平を見つめながら。

今日までの三日間を思い出す――。

◇◇◇

「――そうと決まれば、ゆっくりしてもいられないな」

ダンジョン攻略を決意すると、早速そのための準備へと動き出す。

「あ。ちょ、ちょっと待ってくださいナナシさん！　それなら私も――」

「唯火。体力を取り戻したなら、もうここを出たほうがいい」

背を向けたままそう提言する。

「え……？」

「訳ありなのはわかってる。ここもう、いつ安全じゃなくなるかわからない……他人の厄介ごとに巻き込まれている余裕があるのか？」

彼女から見れば、情報を聞くだけ聞いて、用が済んだらすぐに出ていけ。

そんな奴と思われているんだろうな。否定はしないし、そのほうが都合はいい。

「もちろん、体調が万全になるまでは留まればいい……でも、自分の目的を疎《おろそ》かにはするな」

「……」

今彼女がどんな顔をしているのか。軽蔑か落胆か、怒っているのか悲しんでいるのか。

振り向いて確かめる勇気も、理由も、なかった。

「もし、もう少し滞在するなら……それまで、ダンジョンについての情報も教えてもらえると助かる
──」

挙句、まだ情報を絞り出そうという。いよいよもって、我ながら自分本位だと思いながら、ダンジョン攻略に必要な準備へと奔走し始める──。

◇◇◇◇◇◇

『唯火。体力を取り戻したなら、もうここを出たほうがいい』

こちらを見向きもせずに、公園から出ていくことを促すナナシさん。

「え……？」

ゴブリンジェネラルから救ってくれた時と同じ背中。その背中を見ながら、私は——。

(むぅ〜〜〜〜っ)

喉元まで出かかった異議を押し込めるために、頬を膨らませ何とかそこに留まらせていた。

……要は、子供の駄々のようなふくれっ面。

(私の意見、意思も、聞こうともしないなんて……)

もちろん彼の言葉は正しい。

私自身が抱える問題は、そう軽いものではないということは自分がよくわかっている。

最悪のケースは、恩人である彼と、この公園に住まう人たちをそれに巻き込んでしまうこと。

「わかってるけど……」

彼の、終始もっともな意見がたまらなく心外だった。

(それに、ダンジョンが出現したなら、もう時間の問題……)

私個人よりも、ダンジョン《この存在》のほうが、彼らにとってよっぽど有益。

きっと、そう遠くない未来にここにたどり着く。だったら——。

「ダンジョンを私たちで攻略することが、一番の対策……のはず」

一人、これからの方針を決定づけ、見えなくなった背中の方を見て決意する。

「私だって。聞かれないことには答えてあげません」

彼が、ナナシさんが。私の持つ情報を欲していたのは、欲しているのは、きっと本心。
一見して、利己的で、自分勝手な振る舞いとも言える。けど――。

「そっちがそのつもりなら――」

彼が私に突きつけた正論。その裏に隠しているつもりの、甘さ。
会って間もない私にも見透かされてしまう、不器用な――。

――優しさ。

「私だって、利用させてもらいますからね？」

◇◇◇◇◇◇

唯火に自分勝手な提言をした後。
すぐに職人のみんなに事の経緯を話して、今できる最高の装備を用意してくれと無茶な頼みをした。

その後たったの三日間で、彼らは素材を寄せ集め、特急で今できる限りのものを作ってくれた。

そして、唯火だが――。

『すみません。限界を超えてMPを使ったせいか、回復が遅れていて……万全になるまでの間、少しでも皆さんや、ナナシさんに恩返しさせてください』

そう言った彼女は言葉通り、三日間、炊事の手伝いなどをして存分に皆への恩返しに励んでいた。

また、その器量の良さから老人たちに大層気に入られていた。かなり小規模だけどまるでアイドルだ。

曰《いわ》く――。


『まるで天使じゃの』

『孫娘がいたらこんな感じなのかな』

『あと五十年若ければ……』

『お嬢ちゃん、兄さんに気があるんじゃろ?』

『兄さん、あの娘。かなり着痩せするタイプだよ』

最後は本人に聞かせられないセクハラ発言だ。エロ爺《じじい》どもめ。

俺に気があるだの、的外れなことを爺さん連中が本人に言いだした時なんか。

『なななな、なに言ってるんですか川田《かわだ》さん⁉　ナ、ナナシさんと会ってまだ数日ですよ⁉　そんなわけないじゃないですか！』

『ワシは見合いで婆さんと出会ったが。一目見ただけで、この女性と添い遂げると確信したよ……一目惚れってやつよ』

『す、素敵なお話ですけど。状況も、時代も違うんですっ！』

『そうじゃったなぁ……状況は唯火ちゃんたちのほうがよっぽどドラマチックじゃもんなぁ。なんせ、窮地に現れた王子様じゃもんなぁ』

『～～～～ッ』

『川田さんよ。あんた独身じゃろが』

『ほ？　そうだったかの？』

『――も、もうっ！　変な冗談ばっかり言ってると、川田さんのお昼ごはん少なくしちゃいますからね！』

『すまんて』

さすがに唯火も顔を真っ赤にして怒っていた。デリカシーが欠け気味な俺でもわかる。

会って間もない、本当の名も持たない。

そんな奇妙な男相手に、そんな感情なんて抱くわけもないのに。爺さんたちは配慮がなさすぎる。

心底、彼女には同情した。


そんな風に、公園の皆と親交を深めながらも、彼女は知っている範囲でダンジョンに関する情報を俺に教えてくれた。

『この公園を出たほうが良い』などと、突き放すような言い方をした俺に対して。

ありがたいことだ。

もちろん、何も知らない俺にとっては全ての情報が有益。唯火は俺に対しても恩返しとか言っていたけど、正直、余り余って逆にこちらが借りを作ってしまった。

そんなこんなで、得られた情報を基に、順調に準備を進めていった。

その間《かん》、唯火の口から、『自分もダンジョン攻略に連れていけ』といったセリフを一切聞かなかったのが、ほんの少しだけ意外だった。

◇◇◇

「いよいよじゃな……」

「……」

ダンジョンの入り口に来るまでの短い道のりで、この三日間を追憶すると、地表から突き出した門を見上げるようにして立つ。

「ダンジョン……」

文字通り、未知への扉を前に、抑え込んでいた様々な感情が胸中で暴れだす。


もう少し時間の猶予はあったんじゃないか？

もっと、準備できることはあったんじゃないか？

正確な戦力もわからない敵の巣窟に、単身飛び込むのは愚策なんじゃないか？

そもそも、公園の皆の行き場を探し回ったほうが、彼らのためになったんじゃないか？

池さんが守った、この場所を捨てて――。


「――今更、だろうが。そんなこと」


だがそのどれもが、俺の足を止める決定的要因とはならず、逆に強い思いとなって背中を押す。

(これはきっと、俺にとっての第一歩)

山さんたちの……池さんが守ろうとしたこの場所を、守りたい。その思いに、偽りはない。

けど結局、俺をダンジョン攻略へと突き動かす一番の原動力は――。

（未知へと飛び込む、最初の一歩）

――好奇心だった。


「――じゃあ、山さん。行ってくるよ」

「ああ。くれぐれも無茶はしないでくれ……必ず、生きて帰ってきてくれよ」

軽く頷いて見せると、俺は扉に両手を添える。

すると、歓迎しているのか拒んでいるのか、扉を縁取るように光が走った。

（いくぞ、ダンジョン攻略……！）

俺は力強く扉を――。

「……あれ？」

押し開けたつもりだったんだけど、扉はびくともしなかった。

若干、萎えたこちらの気持ちと連動するように、門が帯びていた光も消えてしまう。

「もしかして、鍵がかかっているのか？」

でもそれは、門が出現した周辺に湧いていた、名持《ネームド》ちモンスター……ゴレイドの魔石がその役割を担っていた。そしてその役目を果たした。

唯火の話では、その手順を踏んだ今、外からダンジョン内へと侵入できるはずだ。

「――っ！　マジでびくともしないな」

思い切り力を込めても微動だにしない。

今の俺なら木製の閂《かんぬき》程度ならこじ開けられる。

それでも開かないとなると――。


「無理ですよ。その扉は、ある条件を満たす者にしか開けられないんです」


背後から聞こえるのは、どこか上機嫌な声色の――。

「唯火……？」

「お嬢ちゃん、どうしてここに」

「……その、ある条件っていうのは？」

どうして彼女がここに居るかという疑問よりも、条件とやらに関心がいく。

「はい。それは……」

俺の横に立ち何気なく門に触れると。

「魔力が発現していること、です」

俺が触った時と同じ反応を示したのち。今度こそ扉は開いた。いとも容易く。

「……聞きたいことも言いたいこともあるが、とにかくありがとう。ここから先は俺が――」

礼もそこそこに、捲《まく》し立てるように言葉を連ねて一歩前へ。

「ちなみに。魔力を持たない者は通常、単独でダンジョンに侵入することはできません。結界のようなモノに阻まれます」

「……」

人差し指を立て、なぜか得意げに話す唯火。

試しに開いた扉の向こうへ手を伸ばそうとすると。

「……見えない壁があるな」

撫でても、叩いても、物理的な衝撃は感じないが、とにかく全くびくともしない。

「はい。で・す・が」

心底楽しそうに、再び一歩前へ出た俺の横に並ぶと。

「一つだけ。魔力が発現していない人でもダンジョン内に入る方法があります」

茶目っ気を出しつつ、踊るような足取りで、これまた容易く門をくぐる唯火。

「……おいおい」

呆れながら眉間を揉み込むこちらを揶揄《からか》うように。

ダンジョンに入った彼女は、手だけを門からこちらに伸ばし。

「それは、魔力が発現した人の『パーティー』に入ることです」

《パーティーの招待を受けました。加入しますか？》

いつもの天の声が頭に響く。こんな仕様も存在するのか……。

「最初から行くつもりだった。ってことか」

見ると、背にバックバックも背負っている。少し申し訳なさそうに笑い。

「ごめんなさい。でもナナシさんも皆さんも、ギリギリまで黙っていないと、私を巻き込まないために、意に沿わない別の選択をしそうな気がしたんで」

謀《はか》っちゃいました。

と、手を差し伸べながら頬を掻く。

「……そう、だったかもな」

ダンジョンに背を向け、山さんたちは新しい居場所を探して公園《ここ》を出る。

若い女を危険に巻き込むくらいなら、彼らも俺も、その選択をしていたかもしれない。

「……はぁ。短い時間で、すっかり見透かされたな」

「えへへ……よく見てますので」

「ん？　何をだ？」

「な、なんでもないです！」

不自然に慌てる唯火を軽く観察。

会った時と同じ、白い検診衣のような服を纏い。手には、三日前よりも艶が乗った革製グローブ、脚部にも同色の革製ブーツ。ところどころ傷んでいたフード付きのローブは、補修され小綺麗になっている。

腰回りには、見慣れないハンドメイド感のある革製のポーチ。

（……爺さん連中《職人》に頼んだのか）

どの装備品も生まれ変わったようにメンテナンスされている。

腰のポーチは、この三日の間に作り上げたのか。

恐らく製作者の彼らには、その用途がダンジョン攻略だということは伏せていたんだろう。

皆、唯火にデレデレだからな……なにも勘繰らず、頼まれるまま腕を振るったのが目に浮かぶ。

（なんにせよ、準備は万端。ってことか）

なんとか、唯火を巻き込まない選択肢はないかと考えてはみたが。

（こうも用意周到で来られたら、これを撥ねのける道はなさそうだな）

……なんとなく、三日前、俺が突き放すように言ったことを根に持っていそうな気もした。

「お嬢ちゃん。本当に、行くしかないのかい？」

よほど心配なのだろう。

見送りの山さんはすっかり引き留めムードになってしまったが、唯火の意思は固い。

「はい。私を置いてくれた恩返しを、させてください」

「お嬢ちゃん……」

もうこれ以上問答を続けるのも野暮《やぼ》だな。

「わかったよ。俺の負けだ……この借りは必ず返す」

俺は唯火の手を取り、選択の意思を念じる。

《パーティーの招待を承認。パーティーに加入しました》

「はいっ。よろしくお願いします」

「兄さん。くれぐれも守ってやってくれよ！」

俺よりよっぽど強い彼女に対して、俺にできることがあるかは疑問だが。答えないわけにはいかない。

「ああ。必ず」

「じゃあ、いってきます！」

今度こそ見送る山さんに背を向けると。

外界との干渉を絶つように、扉は重々しい音を響かせて閉じてゆく。

「――進みましょう」

「ああ」

背に、重厚な扉が閉まる振動の余韻と、空気の流れが遮断されたのを感じる。

総勢二名の、唯火率いる即興パーティー。

俺たちのダンジョン攻略が始まった。

【第五章】攻略開始

「「……」」

門を潜って直ぐに、階段へと足を踏み入れる。
もちろん、下方。地下へと続く道のりだ。
出現した門の外観と、唯火の情報から、この構造は事前に想定済み。
(……とはいえ)
扉一枚隔てて、僅か数秒、数歩。直線距離にして五メートル程度。
(まるで、別世界だな)
今まで感じていた、生活音、環境音。匂いから、肌を撫でる空気。
それら全てが、先ほどまでいた早朝の外界とは異なる。
(一人だったら、心細かったのかもな)
隣を歩く唯火の表情を窺うと、ついさっきまでの茶目っ気ある雰囲気は鳴りを潜め。
固く、研ぎ澄まされたものになっていた。
「――それにしても」

どこか気負った風な彼女を慮《おもんぱか》ってか。

初めて体感するダンジョンの空気に気圧されてか。

階下へ下る足音のみの静寂の中、思わず声量を抑え、口を開く。

「本当に、思ったより明るいんだな。唯火の言っていた通りだ」

「はい。ですが、気を付けてください。ここは既にモンスターの巣窟《ホーム》。いつ明かりが消されるかわかりません」

光源がどこにあるのかはわからないが。どういうわけか、隣を進む唯火の表情がはっきり見えるくらい明るい通路を進む。

（人工物……それと、自然物が混ざったみたいな。妙な構造……）

そんな不自然な、見たこともないもので構成された狭い通路。音は思ったより反響することはない。

（そろそろ階段は終わりか）

二人の足音の跳ね返り具合からの想定。

俺同様に、ひとまず口を噤《つぐ》んだ唯火も、それを察したのだろう。

（少し、開《ひら》けてきた）

階段最後の一歩を同時に踏むと、八畳ほどの開けた空間。

壁面床面、簡素な石組みのような外観。天井のみが、岩肌を露出していた。

「――ナナシさん」

きっちり抑えられた声量で、はっきりと聞こえる唯火の声。

見ると、この空間の一角に、人一人が通れそうな小道……というか、空洞があった。

どうやら、先へと進む道はそれだけらしい。

「——俺が先導する」

発生源もはっきりしない頼りない光源の中、ぽっかりと口を開ける空洞。それを指さし提言する。

「……わかりました」

敵がいるとわかっているダンジョン内を、警戒しながら先導するだけでも精神的な負担は大きいだろう。戦力的に見て、俺よりもレベルの高い唯火の体力とメンタルは、温存したほうがいい。

……あとはまぁ、男の意地。みたいなものだ。


(——ん？　何か音が聞こえるな)

「！」


狭い道を潜り、壁沿いに進むと、再び先ほどよりもやや開けた空間。続く曲がり角から、物音。

こちらにも聞こえるほど、無警戒で無遠慮な音。

「モンスターの声か」

「そのようですね」

あまりに警戒心のない様子に、こちらの声量も若干増す。

「最初の会敵だ、慎重に行こう。そこの角に身を隠して、まず姿をこの目で見る」

「わかりました」

唯火と一言交わし、俺を先頭に角からモンスターの様子を窺う。すると。

「ゲギャァ……」

「ゲェ」

もう、かなり聞き馴染みのある声と、その姿を視認。

「情報通りだ、唯火……ゴブリンだ」

「はい」

準備期間の三日。唯火の実体験を交えた、ダンジョン知識の共有。

その教えを受けている時は、まさか彼女も一緒についてくる羽目になるとは、思ってもいなかったが。とにかく。その中でも、最も俺にとって有益だった情報がこれだ。

『出現したダンジョンに生息するモンスターは、条件を満たした際に倒した名持ち《ネームド》。鍵となった魔石の持ち主の種族に限定されます』

ゴブリンは初めての戦闘から散々戦ってきた相手だ。

慢心するつもりはないが、勝手のわからないダンジョンを攻略するうえで、全く未知のモンスターよりも格段にやりやすい。まぁ、正直見飽きたが。

「――『目利き』」

名：無し
レベル：8
種族：ゴブリン
性別：男

武器：粗悪な棍棒
防具：無し

攻撃力：24
防御力：28
素早さ：19
知力：9
精神力：10
器用：5
運：2

状態：ふつう

称号：無し

所有スキル：無し

——おっ？　全部のステータスが見えるな。

多分、スキルレベルの上昇と、俺とゴブリンとのレベル差だろうか。唯火に使った時はほとんど見えなかったからな。

（それにしても、レベルにしてはパラメーターが低いんだな）

比べるデータは圧倒的に少ないが、なんとなくそう感じる。やはり種族ごとで上昇値などが変化するんだろう。初めて戦ったゴブリンたちのレベルは、今となってはわからないが、恐らくダンジョンに居るこいつらよりは低かったと思う。レベル1だった俺でも倒せたのも頷ける。

（レベル8。魔物使いのことを考えると、決して低くはないかもしれないが、奴はモンスターを隷属させる厄介なスキルを持っていた。けど、あのゴブリンたちに所有スキルはない……）

なんの危なげもなく対応できる。

（最初の階層だとこんなものか）

唯火の情報だと、ダンジョンは複数の階層に分かれていて。それぞれに、下層へと続く道が用意されている。階層が深くなるにつれて、モンスターの強さが増していくらしい。

「――やるか」

問題なく倒せる。相棒のショートソードに手をかけ。

「俺が片付ける。一応背後の警戒を頼む」

「わかりました」

剣を抜き、足音を潜《ひそ》め角を曲がると。

(不意打ちになるが……)

全部で五体。

まず背を向けたゴブリンの首を背後から刎《は》ね、手に持つ棍棒を奪う。

残り四体は、この時点でまだ戦闘態勢にも入れていない。

(体が軽い……)

ゴレイドを倒した時の大幅なレベルアップ以降、初めての実戦。強くなったことを実感しつつ。身体はゴブリンを倒すための最適解で動き出す。

(やっぱり先手を取れると、全然違うな)

一足飛びで二体のゴブリンの間をすり抜けながら首を落とす。

着地と跳躍を同時に行い、四体目の側頭を地へ蹴り下ろし。

奪った棍棒の投擲による追撃で頭蓋を割る。

そして、残った五体目の眉間に剣を投擲し、壁面に張り付けた。

結局、五体のゴブリンたちは、為す術もなく倒された。

「……悪いな」

絶命したゴブリンから剣を引き抜くと、地に崩れ、ダンジョンに溶け込むように消滅する。

「地上と違って、死体はすぐに消えるのか」

ゴレイドを倒した時と似た感じだ。

見ると、ほかの四体も同じように消滅していった。

「お見事です。ナナシさん」

「まだ、最初の階層だからな」

背後からの襲撃の心配も杞憂《きゆう》だったようで、唯火は心底感心した様子で隣に並ぶ。

「本当に――」

するとー転、怪訝そうな声色で続ける。

「複数の職業を使うんですね……」

「ん？」

「いえ、その……すみません。なんでもないんです。今はダンジョン攻略に集中しましょう」

「……ああ」

なんでもないという人間が、本当になんでもないということもないだろうけど。

言う通り、ダンジョンの攻略が最優先だ。

「その前に、ちょっと待ってくれ」

一つ断りを入れてから外套を外し、バックパックへとしまい込む。

「――あれ？　ナナシさん、外套は外すんですか？」

「ああ。このダンジョンの中、思った以上に狭い。戦闘中の機動性を重視するとなると、外しておいたほうが具合は良さそうだ。もちろん、防御力は下がるけど――」

バックパックに詰め終え、担ぎ直して唯火に向き直る。

「背中を任せる相棒がいるから、心配はないだろ」

「……あまりプレッシャーをかけないでくださいよ」

少し冗談めかして言うと、まんざらでもない様子だった。

(――それに、防御の面で言えば、こ・い・つ・もあるしな)

俺と唯火は歩みを再開し、ダンジョン内を進んでいく――。

◇◇◇

一つ目の階層では、最初の会敵以降モンスターに遭遇することはなく。

また、思いのほか狭く、数分で次の階層へ続く階段を見つけた。

「ここを下りれば次の階層か」

「はい。二階層からは稀《まれ》に、上位種が出現する可能性もあります。充分に注意していきましょう」

唯火の忠告に頷き、階段を下り始める。


「足音だ……多いな」

「確かに、微かには聞こえますけど……すごいですね。そこまでわかるんですか」

この、ダンジョンという入り組んで閉塞的《へいそくてき》な空間だと、五感が研ぎ澄まされる。

これがステータスの恩恵なのか、スキルの影響なのかは定かではない。


「――ようやく、窮屈な場所から抜けたな」

そのまま警戒しながら階段を下りきると。

隆起した岩がそこら中にある、かなり開けた部屋に出た。

「……足音が消えましたね」

「さっき、あれだけ反響して聞こえてきたんだ。発生源はそう遠く――」

直後。スキル、『直感反応』に何かが引っ掛かる。

「！」

その場で体をひねりつつ、跳び上がりながら剣を抜くと。

「ゲギャア!?」

背後の隆起した岩陰から、一体のゴブリンが飛び出してきたところだった。

「ふっ！」

そのまま剣を振り抜き、胴を両断。

「ナナシさん！　奥から何か来ます！」

「……随分と大所帯だな」

基本、小さい体躯のゴブリンと比べ、人間くらいの体高はあるゴブリンを先頭に、ぞろぞろと引き連れてやってくる。今まで遭遇したことのない数の、モンスターの群れ。

たった一階層違うだけで、ここまで変わるものなのか。

「これは……『湧き場《スポット》』と呼ばれる場所かもしれません」

「湧き場《スポット》……」

もちろんこの情報も事前に聞いている。

文字通り、ダンジョン内のモンスターが湧く場所。どこからともなく自然発生しているらしい。

「こんな目立つところに、しかもまだ階層も浅いのに……」

相当、稀有《けう》な事例だと唯火は言い。背負ったバックパックを地面に下ろす。

どうやらこれが常ではなく、俺たちの運が余程悪いという状況らしい。

「……戦うのか？」

愚問とわかっていながら問う。

「はい。この群れを引き連れたまま、強敵の居る下層に降りれば厄介です。背後を刺されるのも怖いですし、一度、ここで殲滅しましょう」

（殲滅、ときたか。随分と簡単に言う）

内心、彼女の大胆な発言に驚きつつ、先頭のでかい奴に『目利き』を発動すると。

名：無し
レベル：15
種族：ホブゴブリン
性別：男

武器：粗悪な鉄棍棒
防具：レザーメイル

攻撃力：88
防御力：92
素早さ：36
知力：21

精神力：30
器用：10
運：6
状態：ふつう
称号：無し
所有スキル：
【増援《ぞうえん》LV.1】

「ホブゴブリン。あれが上位種か、『増援』ってスキルも持っているな」

パラメーターも装備も、通常のゴブリンの二、三回り上って感じか。

単体なら問題なく対処できそうだが、この数の群れもついてくると少し厄介かもな。

他にいる通常のゴブリンも、レベル10がちらほらいる。

「『増援』ですか。尚の事ここで倒したほうがいいですね。仲間を呼び寄せるスキルです」

湧き場《スポット》から離れても、他のモンスターが増える一方ってことか。

「わかった。じゃあ俺が――」

「ナナシさん。ここは私が」

唯火に先ほどと同じように後方を任せて、ゴブリンの群れに切り込むつもりだったが、それを遮るように提案。

「今のうちに、私の戦い方を見せておきたいんです」

……なるほど。

俺と公園の皆に気を遣い、直前までダンジョン攻略に同行することを隠していたから、俺たちはいまだに戦闘におけるお互いの手の内を明かし合っていない――。

「お互いの戦い方がわかっていれば、いざという時の連携も取りやすくなると思うので」

「……確かに。必要な共有だ」

つまり、この群れとの遭遇は唯火にとって『いざ』という事態ではない。ということか……全く心強い。

「それに、ゴレイドから助けた時、震えていた少女と同一人物とは思えないな。

「それに、ナナシさんも気づいているように、まだ岩陰には多数のゴブリンが潜んでいるはずです。多分私より、ナナシさんのほうが死角からの強襲に速く反応できます」

「わかった。じゃあ、お手並み拝見ってことで」

「任せてください」

正直なところ、気にはなっていたんだ。俺より高みにいる唯火が、どうモンスターと戦うのか。

(やっぱり、『ハーフエルフ』っていうくらいだ。魔力が発現しているし、魔法とか使った戦闘なんだろうか？)

病院で医者が見せた火の玉以来、そういう魔法めいた力を見ていない。

ガラにもなく、ワクワクしていると。

「まず、数を減らします」

唯火は、腰のポーチからピンポン玉くらいの宝石のようなものを取り出す。

「それは？」

周囲の岩陰を警戒しながら聞くと。

「魔石です。私の武器の一つです」

「……その玉が？」

はい。と肯定すると、手の平に乗った小さな魔石は淡い光を帯び、浮かび始め。


「――『躁玉《そうぎょく》』」


こちらへにじり寄るゴブリンたちの群れへ飛んでいくと。まるで乱反射するレーザーのような軌道を描いて空を裂く。ホブゴブリンを含めた前列の十数体は、一瞬、動きを停止し――。

「なっ⁉」

一斉に、爆散した。

「……な、なにを、したんだ？」

「職業《ジョブ》【宝玉使い《ほうぎょくつか》い】のスキルです。MPの消費が激しいのが難点なのと、熟練度が溜まりにくいから、まだ頑丈な魔石を銃弾みたいに操るくらいしか、できないんですけど」

「……そうか」

今の光景を見た感じ、それでも十分すぎる性能だと思うが……想像していた王道的な魔法使いとは違い、随分とニッチでトリッキーな職業だ。

「「ゲギャーーー！」」

岩陰から飛び出し、こちらに向かって左右同時の奇襲をかけてくる、ゴブリンとホブゴブリン。

（こっちにもでかいほうが湧いていたか）

ゴレイドの戦略と同じ。攻撃に転じればどちらかが隙を突いてくるだろう。

（――あいつに比べればお粗末な連携だがな）

右のゴブリンの攻撃を剣で、左のホブゴブリンの鉄棍は、左腕を掲げて迎え撃つ。

レベル差があっても、生身の腕で受ければ無傷では済まない。

「ゲギヒヒィ！」

数秒後に訪れる、肉を潰す感触を思って愉悦を感じたのか。ホブゴブリンは下卑《げび》た笑みを浮かべる。

だが――。

「素手じゃないんだな。これが」

「ゲァ!?」

衝突の瞬間、人体を打つ鈍い打撃音ではなく、甲高い金属音が鳴り響く。

山さんたちにした、無茶な頼みの賜物《たまもの》。

左腕の上腕までを覆う、鋼鉄の手甲。ガントレットだ。

棍棒をいなし、ゴブリンを片手間で両断すると。受けた鉄棍を力任せに腕で弾き。

「ゲブッっ!?」

腕が跳ねあがり無防備になったホブゴブリンの顔面に、ガントレットで武装した拳をめり込ませる。

攻守ともに補助してくれる優れものだ。

「さすが職人」

手の平を開閉させ具合を確かめる。それぞれの節は全く痛んでいない。

「腕もダメージ無し」

今程度の攻撃では、傷一つつかない。

皆がどこから素材を集めたのかわからないが、あの短期間でよくこれだけのものが作れたもんだ。

(でも、せっかくのお披露目だけど、唯火に食われたな)

二体が消滅するのを見届け、警戒を解かないまま唯火の様子を見てみると。

「……すごいな」

お手並み拝見とか言ってた自分が惨めになる。

俺が二体を倒しているほんの少しの時間で、群れを三分の一ほどに削っていた。

(とんでもない性能だな。【宝玉使い】)

あれでまだ、ほんの力の片鱗《へんりん》に過ぎないなんて、恐ろしい。

「……ふぅ。『躁玉』のスキルは速くて楽ですけど、やっぱりMPの消耗が激しいです」

「大丈夫か？　少し温存したほうがいいんじゃないか？」

しびれを切らしたのか、岩陰から続々と飛び込んでくる大量のゴブリンたちを倒しながら提案すると。

「そうですね。もう数も大分減らしたので、ＭＰ消費の少ない接近戦に切り替えます」

魔石を手元に戻し、ポーチに仕舞い。艶の蘇った革製グローブの口を引っ張り整えると。

「っ！」

以前、俺に殴りかかってきた時のような、高速の踏み込みで群れの中心まで一気に切り込むと。

「――はっ！」

沈み込んだ体勢から、足元を薙ぐ強烈な水面蹴りを円周状に放つ。

足を狩られゴブリンたちは、何の反応もできないまま強制的に宙に浮き。

「すぅっ……」

ゴブリンたちが崩れ落ちゆく刹那、一つ呼吸を挟むと。正確無比の早業《はやわざ》で、無防備となった敵の急所を、拳打・掌底・蹴り・肘鉄《ひじてつ》。

流麗にして正確無比なそれらを、十数体の対象へ見舞い。ゴブリンたちは、彼女を中心に弾けるように宙を飛び消滅した。

「……マジか」

再びホブゴブリンの鉄棍を受け流し、胴を割りながら。

数秒前まで群れが居た中心に立つ唯火を観察する。

（さっきの【宝玉使い】とは打って変わって、接近しての格闘、か）

明らかに別の職業のスタイルだ。

（【宝玉使い】の中長距離と、今見せた近距離格闘術……）

完全に、俺が想像してた『ハーフエルフ』像とはかけ離れていて。

その実力は、想定を上回っていた。

（……唯火を怒らせないように気を付けよう）

四体一斉に飛び掛かってくる最後のゴブリンたちを、まとめて両断しつつ。

――そう心に誓った。

◇◇◇

「――ふぅ。今ので、最後かな」

見渡すと、さっきまでいた群れは全滅したみたい。

「……すこし、攻めすぎたかも」

ダンジョンという閉塞的な空間では、ゴブリンのような個体数が異常に多いモンスターにとっては圧倒的に有利。

ゴブリン側の策がハマってしまえば、レベル差がどんなにあっても、こちらがやられてしまうことだってあり得る。

（けど、この浅い階層で少し後先考えず力を使いすぎたかな……）

でもダンジョンというのは、出現直後はまだ未完成の状態。その内部構造は日が経つごとに変化し最下層もどんどん深くなっていく……と、聞いた。

（そして、完成と共に、種族を統率するモンスターが生まれる）

ここはまだ、ダンジョンが出てきて三日ほど。

あのダンジョンの『王』が生まれたのは、出現から三週間後。

そのことから考えても、このダンジョンの成長率……今時点の最下層は、多く見積もっても十前後――の、はず。

（そのくらいなら、少しくらい飛ばしても、最後までもつ）

『王』が生まれていない今、確実に、迅速にダンジョンを攻略しなきゃ。

「ナナシさん！　こっちは全部倒せたみたいです！」

彼の方に声をかけると、四体のゴブリンを一息に両断したところだった。

「……お見事」

――地上で、彼の意識を刈ろうとしたあの時、突きつけられたステータス画面の内容を思い出す。

（ナナシさんのレベルは確か２１。この階層のゴブリンでは歯が立たないのは必然、だけど……）

初めてのダンジョンで、いきなり『湧き場《スポット》』のど真ん中。

数の不利、地の不利。

それらに対し、一歩も退かず全てを跳ね返して斬り伏せる。


視界の端で確認できただけでも、二十体近くのゴブリンを葬っていた。

魔力操作を心得ていない、単騎で。

（多分、レベル40を超える域じゃないと、この状況と条件でここまで余裕のある戦い方はできないと思う）

私の使う二つの職業と違い、MPの燃費がいいのか、あの乱戦でも終始出し惜しみなく力を振るっていたように見えた。

（あくまで、私個人の主観だけど……）

こんな世界になって半年間。

私が身につけたくもなかった知識・常識では測れないことをやってのけ、理解できない事象が、彼の体に起きている……気がする。

（なんとなく聞けずにいるけど。あのステータスがその証拠……）

その観点から見れば私も、定石から外れた存在ではあるらしいけれど。

（でも、それと比べても明らかに……常軌を逸している）

「――ふぅ。こっちも今終わったところだ」

（ナナシさん……）

息を乱した様子も無く、剣を鞘に納め、私に応えてくれる背中。

あの時……忘れもしない、ゴブリンジェネラルから私を庇ってくれたあの時の、眩しさすら感じたあの時の背中とは、まるで別人のように異なって見える。

ナナシさん――。

「どうした？　派手な戦闘だったからな。湧き場《スポット》から離れて落ち着ける所があったら休憩するか」

彼の温かい気遣いをどこか遠くに聞きながら。

（あなたは、一体――）

漠然とした、重く、暗い。

得体の知れない感情を微かに抱くのを感じた。

◇◇◇

《——熱イ》

熱い。渇く。欲している——。

《——何、ヲ》

熱い。疼《うず》く。燻《くすぶ》っている——。

《——誰、ダ》

熱い。肉体ではない。魂が——。

《——滾《タギ》ル》

お前は……この熱を、渇望を、滾りをこの身に齎《もたら》す。

我が前に立つ、お前は——。

《——誰、ダ……》

◇◇◇

《小鬼迷宮《ゴブリンダンジョン》、第2階層、湧き場《スポット》。制圧を確認》

「……お？」

《特定討伐ボーナス。討伐時に取得したスキル熟練度・経験値の3.0倍が加算されます》

《ワルイガ＝ナナシのレベルが21↓24に上昇しました》

《平面走行 LV.5 → LV.6》
《立体走行 LV.5 → LV.6》
《洞察眼 LV.4 → LV.5》
《読心術 LV.2 → LV.3》
《精神耐性 LV.6 → LV.7》
《目利き LV.3 → LV.4》
《弱点直勘 LV.3 → LV.5》
《弱点特攻 LV.3 → LV.5》
《ドロップ率上昇 LV.2 → LV.3》
《近距離剣術 LV.4 → LV.5》
《体術 LV.4 → LV.5》
《直感反応 LV.4 → LV.5》

何度か聞いたことのある文言と共に、レベルアップを告げる声。

(特定討伐……なんとなくわかっていたけど、今回のような特殊な状況下での戦闘のことを指しているんだろうな)

廃工場で、魔物使いの放ったゴブリンたちも一つの群れ、と認識されていた。

細かい分類はわからないけど、とにかく特定討伐とやらは、達成すれば見返りもでかいようだ。

(でも、『武具投擲』スキルは上がらなかったか)

戦闘中一度も使用しなかったからかな。

乱戦で使いどころがなかったとはいえ、少しもったいなかったかもしれない。

(まぁ、命あっての物種《ものぐさ》)

ゲームと違ってやり直し《コンティニュー》ができるわけじゃないんだ。生存率を削ぐような欲は、自制しないとな。

(それに……)

俺一人では、この降って湧いた混戦に対応しきれなかったかもしれない。

ダンジョン経験がある唯火にとっても、予想外のこの事態……少し甘く見ていたかもな、ダンジョン攻略。

「唯火」

「は、はい……?」

少し疲れたのか、どこか覇気のない様子の唯火。少し心配にはなったが、忘れないうちに伝える。

「――ありがとう。パーティーを組んでくれて」

「え？」

「俺一人じゃそもそもダンジョンには入れていなかったっていう前提はあるけど、それでも、唯火が一緒に戦ってくれて心強い」

……ありがとう。

締めくくるようにそう言うと、それを受け取った彼女は。

「～～……っ！」

何やら両頬を手の平で挟むように叩き。その後、こねるようにグニグニといじくりまわすと。

「お、お礼なんて……これは私の恩返しの一環なんですから」

「あ、ああ。そうか、わかったよ……制圧とか言ってたから、ここはしばらくモンスターが湧かないんだよな？　ここで少し休んでいくか？」

照れ隠し、だろうか。

彼女の奇行に若干面喰いつつ、疲れからくるものだろうと判断し休息を提案する。

「……いえ。確かに無理は禁物ですが、ダンジョンに長居すると何が起こるかわかりません。ナナシさんさえよければ先を急ぎましょう」

「そうか。わかった、このまま進もう」

ダンジョンのことは、俺よりも彼女のほうが詳しい。

なにより、先の戦闘で証明されたように、その実力も俺を数段上回っている。

（俺の体力がほとんど消耗していないんだ。唯火も当然余裕、か……なんか元気だし、心配性が過ぎたか？）

「――あれ？　ナナシさんの足下に落ちているのって、『魔石』じゃないですか」

「ん？」

言われて足元を見てみると、確かにこのダンジョンの『鍵』となったものと似た雰囲気の、金平糖のように不揃いで小さな粒が五個ほど転がっている。

微弱な気配に近い、妙な存在感があるから小さくても目に付く。

「魔石、か。名持ち《ネームド》じゃなくても落とすんだな？」

サイズ感はだいぶ違うが。

「はい。特にダンジョン内の個体はどういうわけか、その傾向が強いらしいです。けど、種族問わず魔石自体が希少なもので……湧き場《スポット》での戦闘とはいえ、一度に五個も……」

「そんな珍しいものなのか……ん？　まてよ？」

得心のいかない唯火をよそに、俺は一人ピンときていた。

「もしかして、『ドロップ率上昇』のスキルが関係しているのかもしれないな」

ステータス画面を開き。ほらコレ、と唯火に見せる。

「――『ドロップ率上昇』……なるほど、私は聞いたことありませんけど、名称的にそうかもしれませんね」

「な。まぁ、とにかくもらっとくか……じゃあ、唯火」

「え⁉」

その利用価値を知らない俺が持っているより、魔石を扱える【宝玉使い】の職業持ちである彼女が持っていたほうが良いと判断し、五個とも彼女に渡すと、大層驚いた顔になる。

「そそそ、そんな！　受け取れませんよ！　い、いいですか？　ナナシさんは知らないかもですけど、『魔石』というのは、武具生成や魔導燃料、そして私のような特殊な職業持ちに重宝されるものなんです」

「『魔導燃料』……？」

聞き覚えのない単語を交えながら、捲し立てるように唯火は力説する。

「世界が変わり、この半年という短い期間の中でも、力を入れて研究が進められているモノの一つなんです」

「はぁ、そうなのか……？」

まるでピンとこない……初めてダイヤモンドの原石を見つけた人間も、こんな感じだったのだろうか？

「わかりやすく金額で言ってしまえば、その小さな魔石でも……ご、五十万は下らないですよ」

「マジで……？」

種族で価値はかなり変動しますけど、と付け足す。

（この粒みたいなものにそんな高値が付くのは驚きだが……）

目が覚めてから、退院時とその後のファストフード店の一食。今着ている一張羅のスーツ。そして池さんたちへの酒以来、貨幣の取引をしていないのもあり、俺の中で金の価値は希薄になりつつある。

（ていうか、唯火の使ってた魔石はピンポン玉くらいあったよな……そんなもの武器に使ってるのか）

見た感じ、ゴブリンが落としたものの何倍もある。

戸惑いなくゴブリンたちを引き裂いていたが、壊れたりしないのか心配だ。

「――なので、そう簡単には受け取れません。俺自身必要性を感じない。物を知らないだけだろうが。

そう言われてもな。今のところ、俺自身必要性を感じない。物を知らないだけだろうが。

「……わかった。じゃあ、報酬として分配しよう」

価値のある以上、このまま捨て置く選択肢はない。

俺個人の倫理観としても、自らの剣で奪った命から生じた資源を、無下《むげ》にするのは気が引ける。

「俺は二個もらう。唯火は三個受け取ってくれ」

彼女に頑固な部分があるのは知っているので、間を取った案を提案。

「でも、これはナナシさんのスキルで――」

「いいから。湧き場《スポット》での討伐数は唯火のほうが多いし。ダンジョン攻略したあともずっと公園にいるってわけじゃないんだろ？　アテがあるのかないのかわからないが、路銀にでもあてとけ」

渋る唯火を遮って無理やり持たせる。

ダンジョンを攻略していく中でまた魔石が出たら同じく分配する。と、強引にまとめると。

「……わかりました。ありがたく頂いておきます」

「そうしてくれ」

なんやかんや、魔石について話しているうちに少し休んでしまったな。

「それじゃ行くか」

「はい。急ぎましょう」

ダンジョン攻略再開だ。


この時俺は、魔石の話に気を取られ。

唯火に感じた微かな違和感を、深掘りすることはしなかった――。

◇◇◇

～『小鬼迷宮《ゴブリンダンジョン》』第六階層～

「ゲギギギ」
「……」

名：無し
レベル：19
種族：ゴブリンタンク
性別：男

武器：プレートシールド
防具：なし

攻撃力：71
防御力：126
素早さ：59
知力：47
精神力：45

器用：22
運：8
状態：ふつう
称号：無し
所有スキル：
【身代わり LV.1】

ほぼ全身を覆うような大きな盾を突き出してくる、ゴブリンタンク。

二階層の湧き場《スポット》を制圧した後、三・四・五階層と、徐々に強くなるモンスターたちを難なく蹴散らしながら進んで行き。この六階層になってからは明らかに個体ごとの役割がはっきりしてきて、モンスター同士の連携の精度が格段に上がってきている。

(ゴレイドの率いてた群れか、それ以上)

特に、盾持ちのゴブリンタンクが混じっている状態での会敵は厄介だ。その大盾で姿が見えにくいから『洞察眼』も使いづらい。

なにより、隠すのは自身の体だけでなく――。

「ゲギャァアア！」

名：無し
レベル：21
種族：ゴブリンナイト
性別：男

武器：質素な鉄の剣
防具：――

――っと。呑気にステータスを見ている場合でもない。
このように、大盾で隠れた背後に伏兵を潜ませて、奇襲をかけてくるのだ。
一対一から突如現れるもう一体。その凶刃は初見での回避も防御も困難と言える。
(思い出すな。ゴレイドと同じ戦法だ)
もっとも、攻撃の鋭さは奴のほうが上だった。
なにより――。
「最初から、いるのはわかっていたぞ」

「ギャ？」

ナイトがタンクを飛び越える跳躍の、ほんの一瞬前。

俺は突き出された大盾を踏み台に宙高く、ナイトが飛び上がるであろう高度より高く跳躍した。

成長したスキルは俺自身実感がないほど、身体能力を引き上げる。

空中で体をひねりながら、縦直線に並んだナイトとタンクを背後から二体まとめて唐竹の一閃で両断した。

「……すごいですね」

「ん？　ああ。【斥候《スカウト》】の職業のことか？」

二階層から三階層に降りてすぐのこと――。

◇◇◇

～『小鬼迷宮《ゴブリンダンジョン》』第三階層～

「この階層……岩陰だけじゃない。そこら中、穴だらけだな」

三階層へと降りると、一見した印象は、渓谷の底。

反り立つ岩肌にはいくつもの穴が開き、ゴブリンの体躯なら自由に出入りできそうだ。

「まさしくゴブリンたちの巣窟ですね。全方向、どこから襲撃が来てもおかしくはないです」

「だな。骨が折れそうだ……」

二階層で受けた奇襲を踏まえ、気配を探るために、ずっと感覚を研ぎ澄ましてきたが……。

（聴覚や視覚だけじゃ頭打ちだな……）

この死角の数。『直感反応』で、咄嗟の襲撃には対応できるかもしれないけど、ずっと気を張り詰めていたらこちらが疲弊していくだけ。

（待つなら、備える。備えるには、特定する）

角度、高さ。その、位置。

（……手繰《たぐ》り寄せて、たどり着く）

音、におい、空気の流れ。足跡、存在の痕跡。

その先に、間違いなく敵は居る。

《【器用貧…】の発動条件を…たし……た。基本職業《ノーマルクラス》：【斥候《スカウト》】獲得》
《索敵LV.1　獲得》
《隠密LV.1　獲得》
《五感強化LV.1　獲得》

「――唯火」

頭に響く声を聞き、足を止める。

「はい？」

並んで歩いていた唯火は三歩ほど前進し、そこで呼び止めると。

「気を付けろ。唯火の左後ろの岩壁に空いた穴。俺の右後方にある岩陰。二体ずつ潜んでいる」

「えっ……？」

◇◇◇

「閉鎖的で、死角の多い入り組んだダンジョン内では、便利な能力だよな」

「そう、ですね」

それもすごいけど……階層が深まってきて、徐々にモンスターのレベルも、ナナシさんのレベルに肉薄してきているはず。

（二階層での湧き場《スポット》では、数の利、地の利はゴブリンたちにあったけど、レベル差も倍はあった）

でも、六階層に来て自分と同じレベル20台のモンスター相手に、それを全く意に介さず、殆ど一太刀で倒し続けている。

彼の持つ武器の性能も、もちろんあるだろう。

ゴブリンを何体斬っても、一振りでこびり付いた血糊は払われ、元の美しい刀身に浄化される。

特殊な追加効果を宿した武具は見たことがあるけど。

彼の剣は私が知り得る中で、最上位にあたる業物《わざもの》であることは間違いない。

(ただ、それ以上に……)

二階層で感じた、朧気《おぼろげ》な、『負』に分類する感情。

彼の毒気のない『ありがとう』の一言で、自分でも不思議なくらい浮き足立ち。一時、霧散した感情。

それが、徐々に輪郭を露わにしていくような感覚がある。

(でも、今一番強い思いは……この人の力になりたい)

命の恩人。自らの危険を顧みず戦いへと駆けてくれた。

暗闇をずっと走り続けて、走り続けて。

それでも永劫に抜け出せないと錯覚するような、最低な迷路。

死に直面し、あらゆる負の感情と絶望に押しつぶされそうになったあの時。

闇を切り裂いて、守ってくれた……あの背中。

「……っ」

ダンジョンに入ってから感情がグチャグチャだ。

（……ダンジョンに入る前から、か）

抱えている感情全《もの》てがモヤがかかっていて、自分でもうまく制御ができない。

（今は、ダンジョン攻略に集中……集中）

「――なんだ？　こんなところに……扉？　唯火！　ちょっと来てくれないか？」

「は、はい！　わかりました！」

多分、今は、この心臓に負荷をかける現象に……決着を求めてはいけない気がする。

（だから、今は――）

せめて、溢れないように蓋をして、大事に抱えよう。

堰が切れてしまう、その時まで。

◇◇◇

「見てくれ、こんなところに扉があるんだ」

二階層以降、岩肌が剥き出しといった部屋や通路ばかりだったが、いきなり文明めいた見た目の扉が姿を現した。

ずっとモンスターの巣窟に潜っているせいか、こういう人工物っぽいものを見るとホッとする。

「ふむ……多分、『階層主《かいそうぬし》』の部屋ですね」

「階層主……地上で聞いたな。各階層に稀に出現する強力な個体。だったか」

「はい。必ず居るとは限りませんが、階層主が現れたら基本的に、その部屋を通らないと次の階層へは進めないんです」

「中ボスってとこか」

ていうか、稀っていう現象、起きすぎじゃないか？

隣の唯火を見ても同じことを思っているらしく。

「ゴブリン自体、そう強い種族ではないから、まだ大丈夫ですけど……こうも立て続けにレアケースに遭遇するのも、なんだかダンジョン全体が私たちに敵意を向けているようで、怖いですね」

「そうだな……けど、このダンジョンを攻略しないと山さんたちの居場所を守れない。避けられないなら進むしかないな」

そうですね、と言う唯火の言葉を背に扉に両腕を添え力を込める。

「……」

……開かない。というか、重すぎる。今ほんの少しだけ動いた気がするから、ダンジョンの入り口みたいに、魔力云々《うんぬん》じゃないと思うんだが。

「どうしたんですか？」

「いや、開かないというか……こ、これも鍵とか必要なのかなー」

「？　いえ、今少し動いてたので普通に開くと思いますよ？」

小首をかしげ不思議そうな様子の唯火。わかってはいたけど、一縷《いちる》の望みをかけて言ってみた。

多少、妙な意地が顔を覗かせたのは否定しない。

「……なるほど。俺の力じゃ開けられなさそうだ」

扉から手を離すと。

「唯火。開けてくれないか？　俺より力の強い唯火なら余裕だろう」

一瞬呆けたように瞬きをすると、どこか暗い表情になりジト目を送ってくる。

心なしかふくれっ面だ。

「……ナナシさんって」

「ん？　なんだ？」

「絶対、私のこと、女の子として見てないですよね」

「そんなことはないと思うが……」

礼儀正しい彼女にしては珍しく、ツーン、と聞こえてきそうな風にそっぽを向き扉の前に立つ。

……『洞察眼』を意識するまでもなく、怒っているとわかる。

「頭の回転早いのに、そういうのに考え回らなさそうなその感じ。良くないと思います」

「……ど、どういう――」

俺が言い切る前に、唯火は綺麗な所作で反転。軸足を作って蹴りの態勢に入ると――。

「ナナシさんは絶対女の子にモテないってことですっ！」

俺を呪う言葉を吐きながら蹴りを放つ。

すると、あんなに重々しかった扉が、開くどころか吹き飛んでしまった。


「「ゴガアァ!?」」


入室者を待ち構えていたのであろう、。

中央に居る何かを守るように、両脇に控えていた巨体のモンスター二体に両の扉が突き刺さり、その勢いのまま吹っ飛ばされた。

「……唯火、さん？」

ていうか、今巻き添えを食らったあのでかいの……ゴブリンじゃなくて、オークじゃないのか？

肌の色が魔物使いの奴とは違うみたいだけど。

（『小鬼迷宮《ゴブリンダンジョン》』に、オーク？　どういうことだ？）

『目利き』を使用する前に、唯火のフットインザドア（今、名付けた）に、巻き込まれ消滅してしまったから、見間違いか確かめる術はない。

そのまま唯火は、部屋のど真ん中を突っ切って歩いていく。

「あ、ちょ、階層主がいるんだろ⁉」
慌てて、オークらしきモンスターに守られるようにしていた、部屋の主と思われるモンスターに『目利き』をかけると――。

名：ゴルノー
レベル：44
種族：ゴブリンシャーマン
性別：男
武器：人骨錫杖《じんこつしよくじよう》
防具：血濡れのローブ
攻撃力：226
防御力：277
素早――。
「――邪魔！」
ステータスを見終わる前に、唯火の放った魔石がゴブリンシャーマンをズタズタに引き裂いてしまった。

しかも、名持《ネームド》ちだったけど。

「……」

「……」

破壊の限りを尽くして少し溜飲《りゅういん》が下がったのか、こちらを振り向く。

何の羞恥かわからないが、頬がきれいに色づいていた。

「は、早く行きましょう……」

「……はい」


下層へと降りる階段でひたすら謝罪し、七階層は元通りに挑むことができたのだった。

◇◇◇

「ふぅ……」

「さすがに、激しいな」

俺たちは今、九階層までたどり着き、湧き場《スポット》を制圧していた。

「この九階層で……七か所目……ですか……」

「ああ……このダンジョンが、敵意を向けてきているってのも……あながち、って感じだな」

そう。二階層から始まり、連続で湧き場《スポット》の制圧をしている。

それも、別に率先して制圧しようとしているわけではないのに、一時的に出入り口をふさがれたり、階層内の配置で進路を限定されたり、そうせざるを得ない状況になってしまうのだ。

六階層のみは、湧き場《スポット》の代わりと言わんばかりに階層主が出現し、唯火が瞬殺したが、強力なモンスターだったということに変わりはない。

七階層からは湧く勢いも増し、ゴブリンたちの連携精度も高まってきているので疲労度が桁違いだった。力の差はあるものの、唯火も少しずつ余裕がなくなり、その負担を減らそうと『索敵』と『洞察眼』で最大限フォローしながら、苦戦するようなことはなく切り抜けてきたのだが……。

「予想以上の消耗ですが……おそらく、次の十階層が最下層のはずです……このままいきましょう」

俺も相当体力を消耗している自覚は、ある。

池さんの剣の攻撃力は、並のゴブリン相手なら一太刀で両断してくれるが、その一太刀も、もう何百と振るってきた。

(それにどうやら、体が疲弊していくと、本来のスキルレベル相当の力を引き出しきれないらしい……)

感覚になるが全体的に半分ぐらいの力しか引き出せていないかもしれない。『近距離剣術』や『体術』のスキルは、それらの動作の最適を導き出す。

正しい振り、体捌きは、体力の消耗を大きく補う。

(その精度が低下している今、戦闘を続ければ続けるほど、指数関数的にへばっていくな)

これほどまで短いスパン、長時間の戦闘で気付かされた。いい勉強には、なった。

これが、ダンジョン攻略。だが――。

(明らかに、唯火の様子はおかしい)

目に見えて顔色が優れない。

「……本当に大丈夫か？　唯火」

「大丈夫です……逆に間を開けると、調子狂っちゃいますよ」

「……」

明らかに疲弊している、が。今までの唯火の、経験に基づく判断は間違っていなかった。

彼女がいなければ、このダンジョンの猛攻……俺一人ではとてもここまで来れていない。

今の俺には、この娘を信じることしかできない。

「……わかったよ。パーティーリーダーに従うさ。唯火がいなけりゃ、ダンジョンに入ることすらできなかったんだ」

「えへへ。リーダー、ですか。くすぐったいですね……でも、帰り道だけお願いしますね。最下層で、『王』になり得るモンスターと対峙したら、ありったけの力ですぐ終わらせます」

それが現状、最も確実です。と。

「わかった。もし疲れて歩くのも億劫だったら、負ぶって公園に凱旋だ」

「そ、それは恥ずかしい、です……けど、お願いしますね」

任せとけ、とだけ答えると、俺たちは目の前の光景を見つめる。

「で、これはなんだ？　よく言う魔法陣ってやつか？」

九階層の湧き場《スポット》を制圧し終わった時、突然壁が崩れて、この魔法陣みたいなものが地面に描いてある以外何もない小部屋が現れた。

「あ。そうか。これが――」

唯火の教えの記憶を辿ると、思い当たるものがあり、彼女を振り返る。

「……そうですね。これは『転移陣《てんいじん》』と言われているものです。魔力に反応し、魔力《それ》が発現した者が陣に入ると――」

そう言いながら、地面に描かれた模様の中に踏み込むと。

「転移準備完了。です」

陣の模様に沿って光が放たれる。

「転移、か……」

今までの階層にこんなものなかった、ということは。

「こいつの転移先が……」

「はい。小鬼迷宮《ゴブリンダンジョン》の『王』になり得る個体への、片道切符です」

確証があるんだろう。唯火はこれまでで一番険しい表情を浮かべると。

「ナナシさん、このダンジョンは、かなりおかしいです。私もここ以外だと、一つしかダンジョンに入ったことはありませんが……小鬼迷宮《こご》は何か……ダンジョンそのものの悪意。意志みたいなものを感じます」

「……」

「正直、この先も何が起こるか分かりません。だからもし――」

だからもし――。

こちらを振り返りその先を言い切る前に俺は、唯火の口に、携帯栄養補助食品のクッキーを突っ込んだ。

「むぐ⁉　……っ……な、なにふるんでふか⁉」

「空腹だ」

「……ふえ？」

ぱさぱさのクッキーでしゃべりづらそうにしている彼女に、いつぞや言った覚えのあるセリフを吐いた。

「腹が減っているからそんな詰まんないこと考えるんだ」

「……」

面喰らったようでしばらくぽかんとすると。

「……お水、くだふぁい」

「ほい」

水の入ったペットボトルを渡すと、水を少し流し込み、味わうように咀嚼し飲み込む。

するると、本日二回目のジト目をこちらに向けてきた。

「……ナナシさん、やっぱり私のこと女の子として扱ってないですよね」

「……すまん」

さすがに今のは俺でもわかる。女性の口にいきなり食い物を突っ込むのは倫理的に良くないことぐらい。

でも、いいよな？

「もう。私に変な食いしん坊キャラとかつけないでくださいよ？」

「気を付けるよ」

さっきみたいな辛気臭い顔より、怒ったり笑ったりしているほうが、この娘には合ってる。

「はぁ、中途半端に食べたら本当にお腹減ってきちゃいましたね。早く済ませて、すいとん食べましょう」

「なら、俺が作るよ」

お願いしますね。と、上機嫌で弾むような声と共に、転移陣へと足を踏み入れ。

「――ああ。任せとけ」

小鬼迷宮《ゴブリンダンジョン》、最後の戦いが始まる。

◇◇◇

転移陣の、まばゆい光に包まれた白い視界が開けていく。

「……ここが、ダンジョンの最下層、か」

「気を付けてください……やっぱりここは普通じゃない」

警戒を怠らず周囲を見回すと、どうにも想像していたモノとは違った。

床は一面石畳。相変わらず発生源の不明な光源が頼りなく周囲を照らすが、この場所は部屋の端が影になって見えないほど広い。例えるなら、中世頃の……だだっ広く、薄暗い、『間』。

そういったところに足を踏み入れたことはないが、そうとしか言いようがない。

「もっと、おどろおどろしい場所を想像してたよ」

「……」

辺りを見渡す。薄明かりがあるにはあるが、やはりあまりに広すぎて部屋の端が闇に包まれている。

「敵は――」

かなり消耗しているから『索敵』スキルの範囲は狭まっているが、半径二十メートル以内にモンスターは居ないようだ。

「なんの気配もないぞ……もしかして地上に転移した、とか？」

「どうでしょう……こうも静かだと不気味ですね」

部屋の全容を掴むため、罠に用心しつつ歩みを進めると。

「……ん？」

「どうしました？」

部屋の奥の方から微かな物音が聞こえる。『五感強化』を聴覚に集中し、耳を澄ます。

「……居る」

多くの足音。それも、今までの湧き場《スポット》で湧いてきた数の比ではない。

「唯火、気を付けろ！　とんでもない大群だ！」

「……っ！」


軍隊の行進のように統率の取れた地を踏む足音。

とても、普通の建物の中に収容しきれるとは思えないほどの数。

気づけばその音は二手に分かれ、俺たち二人を包囲する形となっていた。


「……完全に囲まれたな」

「はい、私にも聞こえます」

お互いの死角を守るように、自然と背中を合わせ、どの方位からの襲撃にも反応できるように備える。

「この感じ、数百か千か……」

経験したことのない圧倒的な数の圧力。

絶対的不利という思考が頭の中を埋め尽くしていく。だが、そんな中。

「これだけ集まってくれれば、むしろ好都合です」

「……唯火？」

この圧倒的不利な場面が、好都合？

唯火の言葉とほぼ同時に、部屋全体を揺らす行進は索敵の範囲外で鳴りやむ。彼女の言葉の真意を聞くことは叶わず、敵に意識を向ける。

（部屋の暗がりで群れの先頭が見えない……まるでこっちの『索敵』の範囲を知っているかのような……）

嫌な汗が、額からあごを伝う。

対峙したことのない大群が、すぐ近くにいるのに見えないという現実に押しつぶされそうになる。

「「……」」

ヘタに動くこともできずに、気を張り続けていると。

「ヨク来タナ……人間《ニンゲン》」

獣が唸るような低い声が、辺りに響く。俺でも、もちろん唯火でもない。

この状況で、俺たち以外に人語を操り、『ニンゲン』と語り掛けてくる存在は一つしかない。


「……唯火」

「はい。『王』に近い個体。ダンジョンの主《ぬし》です」

居る。間違いなく、この包囲網のどこかに。

「ズット、視《ミ》テイタ。我ラノ迷宮ニ侵入シテキタ貴様タチヲ」

……見ていた？

「貴様ヲ排除スベク、多クノ同胞ヲハナッタ」

同胞を放った……その言葉から行き着く答えは一つしかない。

(意図的なものは感じていたが、本当にけしかけていたのか)

つまり今の俺たちの消耗からなにまで、この状況全て。モンスターの思惑通りということか。


「人間ノ、女。貴様ハ邪魔デアリ、危険ダ」

周囲の大群から金属音が奏でられる。戦闘態勢に入った、ということだろう。

「――なるほど。唯火の戦力を削ぐために、湧き場《スポット》をぶつけ続けてきたということか」

「……そのようですね」

どういうカラクリか、異能か知らないが、ダンジョンの構造を一個体が意図的に操れるなんて……まるで想定外だ。『王』に進化せずして、これほどの力。

（姿が見えないから、目利きも使えない）

想定の外に居る敵を、その全容を少しでも理解したいが、人語を操る名持《ネームド》ちは狡猾にも群れの中に交じり、その存在の尻尾すら掴めない。

（ま。見たところで、か）

これは、本格的にヤバそうだ。


「数コソガ、我ラノ『種《シュ》』ノ強ミ。嬲《ナブ》ラレル間モナク、死ヌガイイ」


その言葉を皮切りに、モンスターたちは一斉に雄たけびを上げる。

「来るぞ！」

「ナナシさん！　二十……十メートル！　『索敵』か目視どちらでもいいので、その間合いに入ったら合図をください！」

「合図!?　どういうことだ!?」

「いいからお願いします！　それと私から離れないでください！」

「……わかった」

唯火が何を狙っているかはわからないが、そんな説明している猶予もないだろう。

彼女を信じて意識を張り巡らせるしかない。

「ふーー……」

見ると、目を閉じ、かなり深い集中状態に入っている。

人外の声がひしめく空間で、唯火の周りだけ時間が止まっているようだ。

それと――。

(……魔石?)

いつの間にか、足元には形の不揃いな小さな魔石が大量に散らばっていた。

(これは……ここまでの道中、湧き場《スポット》で手に入れてきた魔石か)

その数は数十を超える。

次第にそれぞれが淡い光を放ち始め、それらは浮遊し、夜闇を照らす蛍火のように揺蕩《たゆた》い、俺たちの周りを照らしていた。

「罠にはめたつもりだろうけど……」

いまだ姿が見えない敵に宣言するように、凛とした声を響かせ。

「こっちだって備えてたの……!」

「――来たぞ!」

刹那。

蛍火はおびただしい光の軌跡を残し、全方位に散り散りに散開。

――放たれた魔石《それら》は、暴風の如《ごと》く空を裂き、苛烈さを増す。

生命《いのち》の凝縮体《ぎょうしゅくたい》ともいえる、強高度の魔石が、荒々しくも無作為に暴れ回る天災。

術者を中心とし、周囲の生命体の肉を削ぎ・抉り・切り裂き、絶命へと至らしめる無差別攻撃で広範囲を薙ぐ。


その指揮者たる彼女は、重さを支えるように片腕を天に突き出し、吠えた――。

「――《暴風乱射《テンペストショット》》！」


周囲を暴れ回る閃光の瞬きの中で、ゴブリンたちはその体を引き裂かれていく。

『えへへ。リーダー、ですか。くすぐったいですね……でも、帰り道だけお願いしますね。最下層で、「王」になり得るモンスターと対峙したら、ありったけの力ですぐ終わらせます』

（ありったけの力……これが、そうか。これが唯火の――）

まさしく、切り札。

既に索敵範囲内の敵の反応は、消滅。
そして今、尚、勢いを増し範囲は拡大。
魔石の閃光が、命を刈り取り続ける。

その蹂躙は、周囲に生命の気配がなくなるまで続いた——。

【第六章】因縁の邂逅

「はぁっ……はぁっ……」

先ほどまでの戦いの喧騒が嘘かのように、唯火の乱れた吐息だけが聞こえる。

「……辺りには、もう、居なさそうだな」

「はい。はっ……殲、滅……完了で、す」

その言葉を手放しに確信できるほど、すさまじい光景だった。

まさに一網打尽《いちもうだじん》。

包囲網の中に居たであろうダンジョンの主も、暴風の中で絶命したに違いない。

辺りに広がる静寂がそれを物語っていた。

「……あっ」

これほどの大規模な攻撃。

力を使いすぎたのか、膝からその場にくずおれそうになるのを、ギリギリ支える。

「っと。大丈夫か？」

「はい……さすがに、疲れました」

額に汗を浮かべながら無理に笑顔をつくる。

（……まさか）
ある疑念を抱き、唯火に『目利き』を使用すると。

名：篝《かがり》　唯火《ゆいか》
レベル：60
種族：ハーフエルフ
性別：女
職業《ジョブ》：
□上級職業《ハイクラス》□
【宝玉使い《ほうぎょくつか》い】
【魔導拳闘士《マジックファイスト》】

武器：？
防具（手）：？
防具（脚）：？
防具（飾）：？

MP：0

攻撃力：？
防御力：？
素早さ：？
知力：９６５
精神力：８５３
器用：１４０
運：？

状態：MP切れ《マインドダウン》
称号：無し

所有スキル：
『躁玉《そうぎょく》LV.8』
『魔添《まてん》・剛力《ごうりき》LV.7』
『魔添・駆動《くどう》LV.6』
『魔添・体術《たいじゅつ》LV.6』
『魔添・威圧《いあつ》LV.3』

ユニークスキル：？？？

以前より閲覧できる箇所が増えている。唯火の消耗が原因か、俺の変化か。

（いや、それより……ＭＰ、０《ゼロ》）

『ＭＰ切れ《マインドダウン》』、そして戦うごとに激しく疲弊していた唯火。公園でのやりとりを思い出す。

『──けど、私は……ハーフエルフは、普通に生きていくだけでも『魔力』に大きく依存しているんです』

『──魔力を初めから宿し、その扱いに長けた種族の弱点……諸刃の剣ってやつか』

なんでこんなことに気づけなかったんだ。

「……唯火。戦いでＭＰを消費するごとに、体調、悪くしていたのか？」

浅い呼吸を繰り返す彼女は、観念したように目を閉じ頷く。

「なんで、もっと早く教えてくれれば──」

フォロー……できたか？

ダンジョンの主が仕掛けてきた猛攻。貶《おとし》める罠。行き着いた先の軍勢。

（俺自身も体力を大幅に消耗しているこの体《てい》たらくで、この娘の力になれたか……？）

知っていたとしても、結果は変わらなかっただろう。

唯火もそれがわかっていたから、不調を抱えてここまで歯を食いしばってきたんだ。

「そんな、顔……しないでください」

「……」

「別に、MPがなくなっても、死ぬわけじゃないですし。回復したら元通りです」

「……すまん。最後の最後まで、唯火に頼りっきりだ」

力なく首を横に振ると。

「私のスキルと、この状況の相性が、たまたまマッチしただけですから」

「唯火……」

「今は、帰りましょう?」

ダンジョンの主を倒したことで、帰還用の転移陣が出現したはずです。と言うと、いたずらっぽい笑みを浮かべ。

「負ぶって、くれるんですよね……?」

「敵《かな》わないな……ああ。少しでも、休んでくれ」

意気込んで単独でのダンジョン攻略に挑んでみても、文字通り門前払いで、俺一人では中に進入することすらできなかった。

そして、ダンジョン内は聞いていた情報よりも過酷で。さらには最初からダンジョンの主の思惑通りだった。

(ダンジョンの主……『王』となり得る個体、か)

声だけを届かせ一目も見ることなく終わったダンジョンの主。
ここに入ってから俺たちを潰すべく多くの敵を放ってきた統率者。
その勝利は、唯火の力に頼った、俺にとっては苦味のある勝利。
(その名前くらいは、知っておきたかったな)
唯火を背に負い、帰還の歩みを踏み出す前に。
叶わぬ願望に体が無意識に反応したのか、闇が広がる虚空《こくう》に『目利き』を発動——。

名：ゴレイド
レベル：75
種族：ゴブリンキング
性別：男
武器：？
防具：？

攻撃力：？
防御力：？
素早さ：？
知力：？
精神力：？
器用：？
運：？

状態：ふつう
称号：種《しゅ》を統《す》べる者

所有スキル：？？？

固有スキル：？？？

「……え？」

「？　どうしたんですか？　あ、わ、私、重いですか……？」

「――ヨモヤ、ナ」

「⁉」

唯火も異変に気付いたのだろう、背中越しに体がこわばるのが伝わってくる。

「そんな。な、なんで……」

何で生きている？　そう問いたいんだろう。

ハーフエルフの、唯火の生命力ともいえる、全ＭＰを注いだ渾身の攻撃。

それを身に浴びて何故生きているのか？

「うそ……あり得ない……！」

その答えは彼女自身もすでに理解してしまっただろう。

「ゴブリン……キング……！」

危惧していた最悪の事態。

こちらが想定していた、ダンジョン攻略の前提は覆《くつがえ》された。

『王』を冠するモンスターの出現で。

「我ガ軍勢ヲ、タッタノ一手で全滅サセルトハ。我《ワレ》ノ読ミハ、間違ッテイナカッタ……ダガコレデ」

ソノ女ハ、モウ動ケマイ。

そう言うと、巨体が歩を進める足音が響き渡る。

遂にそいつは、最悪の状況でその姿を現した。

「我ト貴様。邪魔ノハイラヌ一対一ダ――ワルイガ、ナナシ」

どういう仕様で、どういう因果か。

わかりはしないが、俺の名を呼ぶこいつが誰か。その答えを、俺はもう知っている。

もう見ている。


地上で、衰弱した唯火を追い詰め。

俺が初めて対峙した名持ち《ネームド》。

配下を的確に操り、知略を巡らせ、俺自身もまた追い詰められ、戦う意思を見つめ直すきっかけとなった、戦い。

斬り捨て、俺自身の糧《かて》としたはずのモンスター――。


「ゴレイド……！」

「――ソウ、我ガ名ハ。ゴレイド」

『王』が出現してしまったということだけでも、想定外なのに。

目の前に立つ、圧倒的存在感の『ゴブリンキング』。

そいつの名は、かつて俺が下したはずのモンスターと同じ……。

「ナ、ナナシさん……ゴレイドって、もしかして……」

「ああ、唯火を襲っていた『ゴブリンジェネラル』と、同じ名だ」

「ジェネラル……ソウダ。我ハ、ソウダッタ」


ふつふつと思い出すように言葉を紡ぐ『王』。

思慮を思わせる表情のようなものが、その凶暴な面構えに浮かぶ。

まるで、人間のようだ。


「一体どうして……それに、『王』に進化するまで、早すぎる……」

唯火の疑問の声に、奴は顔を向けると、意外なことを口走る。

「人間ノ女。貴様ノ武勇ニ敬意ヲ表シ、教エテヤロウ……」

その騎士道めいた言動に、ゴブリンジェネラル《ゴレイド》の影が重なる。

「貴様タチガ、コノ迷宮デ倒シテキタ、我ガ同胞タチ。ソレラヲ、全テ我ガ進化ノ贄《ニエ》トスルノガ、我ガ力《チカラ》」

言葉通り受け取るなら、ダンジョン内で倒された、同種の命を贄に、自らの成長を早める。というところか。

「進化ハ、今サッキ。貴様ガ葬ッタ軍勢ニヨッテ、成ッタ」

「そ、そんな……」

（……唯火が倒したゴブリンたちの死体は、既に消えている）

なるほど、罠を撥ねのけ軍勢を倒したと思ったら、それは敵に塩を送っていたのと同議だったのか。

（このデタラメな特性……恐らく、さっき見た今まで見覚えのない『固有スキル』とかいうやつの、能力）

ダンジョンで最初に会敵し、敵を倒した時。

死体が消えるまでの間隔が、地上に比べると極端に短いことに、違和感と言わないまでも差異は感じていた。

（あの時から。奴の言う通り、最初から……）

思った以上に、罠のドツボにはまっていたらしい。


「お前は……一体何なんだ？」


今まで遭遇した中で最も知性を感じるモンスターの出現に、思わず疑問をぶつけてしまう。

「『ジェネラル』ダッタ我ガ、ナゼ今ココニイルノカハ、我トテワカラヌ」

「……」

聞いておきながら、こちらの会話に応じてきたのは意外だった。随分と、おしゃべり好きみたいだ。

「ワカッテイルノハ、我ガコノ『迷宮』ノ王トナッタ今モ、我ノ中ヲ支配スル……コノ、熱」

巨躯相応の大きな手の平を握り込み、自らの胸、心臓を殴りつけるようにすると。

「――タギリ」

「滾《たぎ》、り？」

「戦イノ記憶。小サキ者トノ……強者トノ、戦イ」

記憶……ジェネラルとして、俺と戦い、敗れた記憶？

「貴様ナノダ。コノ滾リヲ、貴様ニブツケルタメダケニ、我ハココニ存在スル」

「……」

こいつの言う記憶が、ジェネラル《前世》のモノなのか、ダンジョンの鍵となった魔石が起因しているのか。

はっきり言ってわからないことだらけだ。

この世界は、毎度毎度、俺の前に理解不能な仕様を示してくる。、

（今、俺にわかるのは――）


勝たなきゃ全部失う。


この世界で目が覚めてから、何度も突き付けられた真実だ。

「ナナシさん……」

背負った唯火を下ろすべく、その場に届む。

「……戦うんですか？」

「ああ。どうやら、俺に因縁があるみたいだしな」

それに、どの道このダンジョンを制圧するには、避けられない戦い。

奴が、何であろうと、このダンジョンの『王』であることは揺るがない事実なのだから。

「あいつのレベルは……」

「……75。だった」

背中越しに息を呑むのがわかる。当然だ、もし彼女が万全だったとしても勝算は薄い。

その自分より格下の俺が、そんな怪物相手に挑もうとしているのだから。


無理だと。無謀だと。あるいは逃げようと。

そんな風に俺を責め立てても不思議じゃない。

だが唯火は――――。


「――ナナシさん。あなたはこのダンジョンに入ってから、ずっと逆境の中でした」

「……」

「自覚はないでしょうけど。あなたのレベルで、あんな数相手に、あんな戦い方できません。あり得ないんですよ」

それこそ、二階層の湧き場《スポット》で死んでても、おかしくありません。と、なかなか怖いことを言い。

——ふと。

全身の力を抜いてもたれかかってきたのか、背中の重みが増す。

俺の前に回された手には、一度だけ見覚えのある物が握られていた。

「これ、使ってください」

「これは……『回復薬』ってやつか？」

「はい。公園にいる職人さんの中に【薬剤師《やくざいし》】の職業の方がいたので、何とか一個作ってもらいました。本当に危ない時のために、取っておいたんです……」

「だったら、俺より唯火が――」

背中に額をこすり付けられ、言葉が引っ込む。

首を左右に振った否定の意、だと、すぐにわかったから。

「これを飲めば体力と傷は回復できますが、ＭＰまでは回復できません」

だから、俺に託す、と。

「普通は押しつぶされて呑み込まれてしまう状況を、全部斬り伏せてきた。そんなナナシさんが一緒に戦ってくれていたから、私もこの最下層まで、大群を全滅させる力をなんとか温存できてたんです……」

「……買いかぶりすぎだよ」

再び、背中に感じる否定の意。

「ナナシさんは、予想外のことをやってのけています。私はこの短い期間で、何度もそれを目撃してきました。その力がどこから来るものなのか、なんにもわからなくて少し怖いくらい……」

背に伝わる重みと温もりが、より重く、熱く感じられ。

「だから、『王』を倒しちゃっても、今更不思議じゃありません」

残った力を振り絞るように、シャツの背を力いっぱい握り締める唯火。

「なんにせよ、私はもう動けません。それはもう、一歩もです」

「唯火……」

ゆっくりと、彼女を床へ下ろす。

「……なるほどな。罠にもはめられて。敵は格上。後ろには身動きのできない、守らなきゃなんない奴もいる……悪夢みたいな状況だな」

「ほんとですね」

「ああ……でも」

こんな状況、もう経験済みだ。

「なんてことない、今回も見飽きた悪夢だ」

『回復薬』が入った、アンプル瓶のような入れ物の飲み口部分を指先で折り、口を切らないように呷る。

すると、ここに来るまでに負った細かい傷は見る見るうちに塞がり、失った体力が満ちていく。

「……済ンダカ？　人間」

唯火の激励、回復薬の使用。それら全てを見届けると、ヤツは口を開く。

「おとなしく待っててくれるなんて、『ジェネラル《将軍》』から『キング《王》』に出世した余裕か？」

まぁ実際、ヤツの数字はそれだけ圧倒的なんだが。

「言ッタハズダ。滾リヲブツケルト……満身創痍ノ貴様ト対峙シタトコロデ、意味ハナイ。マシテ、闘志ガ萎エタ者ナド、詰マラン」

「それ。自分がどんだけ格上か知ってて言ってるのか？」

ダンジョンに入る前より、幾分か軽く感じる愛剣を抜き放つ。

（力が戻った……いや、溢れる……？　なんだ、この感覚。重きが軽く。遠くが近く。高みが低く。深みが浅く……うまく表現できない）

かつてない感覚を、体の内側に感じながら。

「格？　ソンナモノ、勝負ノアトニシカ存在シナイ……格ヲ得タイノナラ……示セ」

チカラヲ。

そう言い放つと、奴も背中に差した、一振りの大剣を抜く。

「――来イ、ワルイガ＝ナナシ」

その言葉に応じ、張り詰め搾り上げた弓弦のような、裂帛《れっぱく》の闘志を体現するように構えを取り。

「いくぞ！　ゴレイド！」

名：ワルイガ＝ナナシ
レベル：43
種族：人間
性別：男
職業《ジョブ》：
□基本職業《ノーマルクラス》□
【逃亡者《とうぼうしゃ》】

【精神掌握者《メンタリスト》】

【鑑定士《かんていし》】

【解体師《かいたいし》】

【斥候《スカウト》】
□上級職業《ハイクラス》□

【剣闘士《グラディアトル》】

武器：ショートソードC＋（無名）
防具（左腕）：アイアンガントレット（スロット：ダガーナイフ）

攻撃力：583
防御力：455
素早さ：431
知力：357
精神力：475
器用：■■■■■■■■■■

運：129
状態：ふつう
称号：無し

所有スキル：
《平面走行 LV.10》

《立体走行 LV.10》
《走破製図 LV.5》
《洞察眼 LV.9》
《読心術 LV.7》
《精神耐性 LV.10》
《目利き LV.7》
《弱点直勘 LV.10》
《弱点特攻 LV.10》
《ドロップ率上昇 LV.5》
《近距離剣術 LV.10》
《体術 LV.10》
《直感反応 LV.10》
《武具投擲 LV.8》
《索敵 LV.5》
《隠密 LV.3》
《五感強化 LV.5》

ユニークスキル：《器用貧乏》

互いが互いの戦意に応じ、開戦を告げると。部屋全体を見回せるほどの明かりが灯り、不思議とその面積も縮小された空間となる。

「シッ……！」

突然の部屋の変化に動揺している暇もない。

（ここは既に敵の腹の中、何が起こったっておかしくはないんだ）

奴の視界から外れるように駆け出す。

身動きの取れない唯火を、恐らく今までで一番激しくなる戦いの余波に巻き込むわけにはいかない。

一対一で対峙している間は、唯火に牙を剥くことはないと、確信している。

（……って、もうこんなに遠く！）

ここまでの道のり。

ダンジョンを進むにつれ、ゴレイドの策略による襲撃も苛烈さを増し体力が消耗していく中。特定討伐ボーナスと、数多のゴブリンたちを倒したことによりレベルもどんどん上がっていった。

唯火の回復薬のおかげで、全快した体力での身体能力は、数時間前の俺とはまるで別人。

ゴレイドは、自身の進化のために数多くの同胞を贄としてささげた。

逆に言えば、贄として倒した分だけ、こちらも経験値を得た。

(こっちも、ジェネラル《前のあいつ》と戦った時とは違う……！)

先ほども感じた、かつてない感覚の一端を実感していると。

「――面白イ。ソノ速力、既ニ人ノ域ヲ超エテイルヨウダナ」

「!?」

全開ではないとはいえ、奴はその巨体で俺と並走して見せる。

「その図体で、この速さかよっ！」

今までの体の大きな敵には愚鈍さがあり、素早さではこちらが上回っていたからこそ、その隙に付け入り斬り込むこともできたが……。

(――いや、ちがう！　機を待つな！　ないなら作ってねじ込めばいい……！)

地に片足を突っ張り、ブレーキをかけながら、最初の攻勢に転じようとするが。

「遅イ」

奴は一手先に攻勢を整えており、既にその刃をこちらめがけて振り下ろしていた。

「っ！」

大幅にレベルの上がった『直感反応』は、超速で俺の体中に指令を発し。

咄嗟にブレーキ方向へ重心を掛け直して、剣閃から逸れる。

(この感じ、まだだ……！)

だが、『直感反応』の警鐘は止まることなく、思わず地を蹴りその場を大きく飛び退く。

「ホウ……」

剣先が床に付くまでの刹那。ゴレイドは感心したような息を吐き。

剣と床が衝突すると、轟音を上げ、砂塵と瓦礫《がれき》が宙に舞い上がる。

「──お、おいおい。なんだそれ。触れたら斬れるどころの騒ぎじゃないだろ……！」

およそ剣撃で生じるとは思えない、クレーターを作り上げた。

「一度モ受ケルコトナク、我ガ『重撃《ジュウゲキ》』ノ特性ヲ察知シタ回避行動……ヤハリ面白イ」

あんなもの、まともに食らったら一発でおしまいだ。

開戦すぐに唯火と距離を開けたのはやはり正解だったな。

（それに、戦闘の駆け引き、その判断の速さ。あいつのほうが一枚上手《うわて》だ）

今の、攻撃に転じる速さからそれが証明された。

（つくづく、以前とは全く別物の化け物だな）

かといって、退けば撃たれる。結局俺がやることは一つ。

（渾身なんて打たせない……！　攻めて攻めて、攻め続ける！）

大きくレベルの上がった『近距離剣術』と『体術』を総動員するんだ。

（力の差に絶望するな、強くなった自分を信じろ！）

「……ヌ？」

自ら作り出したクレーターから飛び上がり、着地する一瞬に足元へと滑り込む。

「その長いエモノ……この距離で使えるか？」

喉元を刈り上げるように剣を繰り出す。が、反応速度も高いようで難なく躱される。

だが、予想外ではない。たったの一手で突き崩せるとは思っちゃいない。

「――ヌグッ⁉」

繰り出し振り抜いた剣閃の勢いを利用した、踵《かかと》の蹴り上げをアゴに叩き込む。

(けど、効いちゃいないんだろ……！)

能力値の差は歴然、だが。

(一点に集中させれば……！)

蹴り上げの反動、回転の勢いのままガントレットの裏拳で巨体の膝を打ち抜く。

「ホウ？」

蹴り、裏拳の円運動に追従するように、逆手に持ち替えた剣を振るう。速力、機動力を削ぐ脚部への一点集中。ただ一瞬、体勢を崩すには十分な連撃――。

「狙イハ、悪クナイ」

(――避けた⁉　この体勢で⁉)

巨体でありながら、攻撃を受けていない足のバネのみで身を翻《ひるがえ》し、容易く剣の軌道から逃れるゴレイド。

(けど、十分に体勢は崩した！　着地を刈り取る！)

「――見エテイルゾ」

「！」

言葉通り、そこに来ることがわかっていたかのような大剣の防御に阻まれ、鋭い金属音と火花が生じる。

（それなら、さらに速く――）

「……フォム」

唐竹、胴、袈裟。縦・横・斜めに振るわれる剣閃。

（手数で押し切る！）

回避されても、阻まれても、剣を振る手を止めずに攻め続けろ。

その果てに、防御の綻び。隙を生み出す。

「……」

数十……百と、剣を振り続けた。

「くっ……！」

だがその一振りたりとも、奴の皮膚を掠めることもなく。まして、一切の隙も見せることなく。

（全力の……全部の振りが……！）

届かない。掠めることもできない。それどころか――。

（――こいつ……！）

完全に、見ている。剣の初動、そこから繋がる剣の道。順を追って――。

（見切られて、いる……）

恐らくこちらの、全てのタイミングを掌握されている。

今攻撃の手を緩めた瞬間、逆に隙を見せることとなるだろう。

攻勢のこちらが、追い詰められていると頭の片隅で理解した。

「――ヌルイナ」

「!? なっ……!?」

手を緩めたつもりは一切ない、が。

ゴレイドの手は、剣を振る俺の腕を容易く掴み、連撃を無理やり中断される。

そして、ヤツの大きな額が眼前に迫り。

「ヌンッ！」

「ッ……がっぁ！」

スキルでも何でもない、ただの頭突きを喰らう。

「足リン……足リンゾ！」

ひるんだ俺の首をへし折るなり、串刺しにするなり、簡単に終わらせることができる状況にもかかわらず。

「ぐっ……かはっ……あ！」

俺をボロクズのように、力任せに投げ捨てるまでにとどめた。

「ナナシさん！」

随分な勢いで投げられたらしい。離れたはずの唯火の近くまで転がってきていた。

「ぐっ……くそっ」

なんてことない、ただの頭突き一発で視界がゆがむ。額からは派手に出血していた。

（強い……全てが俺を上回っている）

俺自身のレベルも、スキルレベルも、大幅に上がって強くなったのは間違いない。

けど……それは俺の尺度での話。奴の強さは人知の外。

（くそっ！　どうする……なんとか勝ち筋を考えないと）

「ナナシさん！　動いてぇ！」

「！」


地を這いつくばっていると、いつの間にゴレイドに距離を詰められ、影が落ちる。

こちらに伸びる手を、腕を起点に後方へ身を翻し何とか躱す。

「――――っく！」

（剣が通じないなら――――！）

地に着いた腕を突っ張り、一度間合いを空ける。

剣を鞘へと納め、徒手空拳の構えへと切り替え――――。

「っだぁあああ！」

全力の跳躍から、右側頭を狙う振り下ろすようなハイキックを繰り出す。

流す技も、受ける防御も打ち砕く膂力《りょりょく》を込めた渾身の体術――。

「――次ハ、ドウ出ル？」

その渾身を、おもむろに掲げた掌で、容易く受け止められる。

（こ、の……っ！）

分厚い皮膚。掌から伝うその鈍い衝撃が、それを受けた奴の足場が砕ける光景が。

今の一撃が、そうぬるくないものだと証明する。

（――なのに、なぜ通用しない……）

「……終ワリカ？」

「――っ!?」

受けた掌が、固く閉じられる気配。

まるで、解除不能の強固な拘束具を、一瞬連想させる危機感――。

「ぅ……ああ！」

「！」

右足首を掴まれるかという瞬間、咄嗟に退くその反動で。左腕、鋼鉄の拳を顔面に突き出す。

（入った――！）

今まで、何体ものゴブリンの骨を、頭蓋を砕いてきた左腕の一撃。

それがまともに、頬を打ち抜——。


「……コノ、程度カ」

「なっ……！」

繰り出した拳打は、間違いなくヤツの頬に突き刺さった。初めて当てた、急所への攻撃。

だが、振り抜くつもりの一撃は、半ばで止められ、ゴレイドの首が跳ね上がることもなく——。


「——フン！」

「がっ……は⁉」

拳すら握らない、無造作な殴打を肩口に見舞い、床に叩きつけられる。

(——ダメージ、は……)

下方に叩きつけられ、地面を跳ねる刹那に、身体の損傷へ意識を巡らす。

(打撲、内出血、軽度な靭《じん》帯損傷。骨も、多少いってるか——)

ギリギリ、剣や拳を握るのに、致命的なダメージは受けていな——。


「——ムゥ」

瞬きよりも、あまりに刹那的な思考の加速。この一連が、死に直面したことによる——。

「う、ぐ……このっ」

走馬灯のような現象だと、首元を掴まれ気道を締めあげられてから気づいた。

「……我ガ望ンダノハ、コンナモノデハナイ。コノ程度デハ滾リハオサマラン……」

微かな困惑の色を見せつつ、俺を品定めするように睨みつける。

「ナニガ足ラヌ……戦イノ、根源ニアルモノ……相手ヘノ、興味、憎シミ……」

怒リ、カ。


そう言い残すと、突如その手を解放し、俺は地面に打ち捨てられた。


「――がはっ！　げほっ！　……さっきから、何を」

「カツテノ記憶デ。同胞ガ人間ノ番《ツガイ》ヲ追イ詰メ、片割レヲ殺シタトキ。残サレタ者ハ一時、目覚マシイ動キヲ見セ、同胞ヲ数体、道ズレニシテ死ンダ」

踵《きびす》を返し俺に背を向けると、ゆっくりと歩を進めるその先には。

「……！」

唯火の姿があった。

「おい……お前何を！」

「ドノ道。貴様ガ死ネバ、コノ人間ノ女モ死ヌ。後カ先カ」

「……ナナシ、さん」

全身の血液が沸騰《ふっとう》するのを感じると共に。俺の思考は急速に冴える。

（今、闇雲に突っ込んでも、またぶっ飛ばされてその隙に唯火は……）

考えろ。

（今までもレベル差が倍ある敵とは戦ってきただろ）

頭を冷やせ。

（その度、その時の、自分の手札全てで乗り切ってきて――）

「……俺の、全て？」


――そうだ。俺は何をやっていたんだ。

敵の数字のデカさに捕らわれて。上がった数字に縋りつき、そこに勝機があると慢心した。

（ちがう。何一つあいつを上回っちゃいない個々の力で、勝てるわけがないだろ）

ヤツの攻撃力を察知した『直感反応』では、ただただダメージを回避する行動。

攻めれば愚直に『近距離剣術』で斬りかかり。苦し紛れの『体術』。

挙句、『洞察眼』での観察を怠り反撃を食らい、今。


（唯火が危険にさらされている……！）


俺は、弱い。

「だったら勝つためには、掻き集めるしかないんだ……」

ゴレイドは身動きの取れない唯火の前に立つと。その細い首を掴み、体ごと持ち上げる。

「ぁっ……う……っ」

「コノ女ノ『死』ガ。貴様ヲ高ミニ導クカ、否カ――」

《――剣を取り》
知っていたわけでも。
《地を踏みしめ》
意識したわけでもない。
《見極め》
ただ――。
《一足。一身――一刀》
《熟練度が規定値を超えました》
《洞察眼 LV.9 → LV.10》
ミスをすれば、全てを失う極限の一瞬の中。

「――――ム？」


手足を操り。

走り出し。

見極め。

脆《もろ》い部位に。

刃を通す。


「！　ッグゥ!?」

導かれるように、自分の居た空間を置き去りに。

《【剣聖《けんせい》】スキル：『瞬動必斬《オキザリノタチ》』》

脳に、肉体に刷《す》り込まれる、覚えのない文字列と――――。

「ナ……ン……っ!?」

唯火を掴んでいた腕を切断した手応えを。遅れて体が認識した。

◇◇◇

何が、起こった？

「――ヌグゥ!?」

ワルイガの力を引き出そうと、その番《つがい》であろう人間の女の首をひねる瞬間。

(タシカニ我ハ、ヤツガ踏ミ込ム音ヲ聞イタ)

執行される命の略奪を阻止しようと、斬りかかってきたのだろう。

(ダガ、先ホド――)

ヤツへ抱いた程度の脅威度であれば、この女を縊《くび》る片手間であしらうのは、容易いはずだった。

(ダトイウノニ何故、我ハ片腕ヲ失ッタ……!?)

腕が切り離され、その感覚を失う刹那。

(……ッ!?)

血の雫が宙を揺蕩《たゆた》い、煌《きら》めく剣閃の向こうに。

冷たく、鋭く輝く双眸を目にした瞬間。

「ゥ……ッ！」

自身の奥底にある生存本能が、矮小な人間の男に底知れない脅威を感じ。

我が体を大きく飛び退かせ、後退させた。

◇◇◇

ゴレイドの腕を斬り捨てた手応えと共に、身に覚えも聞き覚えもない文字が頭に浮かぶ中。

得体の知れない全能感と、それを上回る――。

(身体が、軋む……!)

全身を襲う疲労感と鈍い痛みが、ヤツの腕を斬り落とした現実に慢心しないための自制となり働く。

主から離れ、地へと落ちゆく腕とその先に掴まれた唯火。

瞬きすら許されないその一瞬。時間が緩慢に流れるように感じるその刹那、ゴレイドを一瞥すると。

奴は大きく距離を空けた。


「唯火!」

床に体を打ち付ける前に彼女の体を抱きとめ、腕を引き剥がすと。

「っは……けほっ!」

塞がれた気道が解放され、生きていることを示すように息を吐く。

「……ナ、ナシさん……すみません」

「いや、俺があいつを止められなかったんだ」

再び唯火を床に下ろすと。

「私のことは……今はどうか、敵に集中してください」

「……ステータス」

その言葉を受け取ると、彼女に背を向け、離れたゴレイドを視界に入れながら今すべきことをする。

（……ステータスにはなんの変化もない）

さっき頭に浮かんだ職業とスキルは一体何だったのか。奴に反応させることなくその腕を斬り落としたさっきの力……。

（いや。それは、俺の体が既に知っているはずだ）

望んだ結果を体現するために。そこに行き着くために、力を集約した。


『走行』系スキルの速力。

『体術』の足運び。

『洞察眼』での行動予測。

『弱点直勘』で脆い箇所を探知。

『近距離剣術』の剣捌き。

（今までの、それぞれを個々として繋げるような感覚じゃなかった）

そう。唯火を掴んだ、その腕を斬り落とすという結果に帰結するための、融合。合わせ技。

（スキルにはこんな使い方もあるのか……？）

足りない部分を複数で補って、さらに高みの『スキル』へと昇華《しょうか》する。

それは遥か格上の『王《キング》』との距離をゼロに――いや。

「――一時《いっとき》、凌駕《りょうが》する」

今はその事実だけがわかれば十分。不安要素は、今は置いていく。

「これが、今の俺ができる……正真正銘の全力」

「……ナナシさん」

もう。俺の後ろには……唯火のもとへは行かせない。


「ククク……」

底から湧き上がるような笑い声。

「今ノ動キ、全ク反応デキナンダ……」

片腕を失ったというのに、愉悦に満ちた声色。狂気ともいえる、戦いへの渇望。

「……」

こちらの沈黙に、牙を剥き出す形相で、笑う。
それを合図に、互いに必殺の間合いに入るべく、ゆっくりと歩を進める。
「イイゾ、ソレデコソ我ガ宿敵ダ……」
唯火とは、十分に距離も取れた。
(――もう、倒れることは許されない)
次に倒れれば、再び剣を握ることは困難。技の反動は、それほどまでに傷を深くした。
(だから、根比べだ……!)

「――ユクゾ！　ワルイガァ!!」

先に動いたのはゴレイド。
残された片腕で剣を振りかぶり、渾身の圧を孕んだ重撃を放とうとする。
だが――。

『平面走行』
『体術』
『洞察眼』
『弱点直勘』

『近距離剣術』

「ガッ……！」

《『瞬動必斬《オキザリノタチ》』》

圧倒的初速で、こちらの刃が先に、奴の袈裟を斬る。

「！」

が、やはり『王』。

先ほどと違い備えていたのか、二太刀目にして動きを合わせ、胴の両断を避けると。

「オオオオオ！」

深手を負いながらも、そのまま強引に渾身の重撃を放とうと腕を振り下ろす。

「――っ！」

『直感反応』

『洞察眼』

『体術』

技の反動も引かないまま、速さも圧も、初見とは段違いな必殺の一撃を回避するために。

《【侍《サムライ》】スキル：『見切り』》

回避に全霊を注ぐ。剣先は髪を掠め、地へ落ち。

「くっ！」

咄嗟に両腕を交差し頭部を守ると。

直後に、階層全体を揺らすかのような爆音と、全身を強く打つ衝撃波に、俺の体は容易く部屋の端まで運ばれ――。

「がはっ⁉」

壁面を砕くほどの勢いで叩きつけられた。

（直撃を避けて、この威力……！）

一瞬意識が飛びそうになるも何とかこらえ、瓦礫を払って抜け出し構えると。

「ガアアアアア‼」

渾身の重撃により一度見た時とは比べ物にならない範囲で抉られ、砂塵に包まれた中からゴレイドの巨体が宙高く跳び出してくる。

その勢いのまま重撃を繰り出し、押しつぶす気だろう。

（直撃を避けても衝撃波が襲ってくる……ならば）

『立体走行』

『体術』

『洞察眼』

『弱点直勘』

『近距離剣術』


（放つ前に、叩く！）

壁を伝って強く跳躍。宙へ躍り出――。

「!?」

「《瞬動必斬《オキザリノタチ》・空ノ式《くうのしき》》！」

瞬く間にゴレイドのもとへ、逆袈裟を深く切り抜ける。

空中での迎撃は奴にとっても予想外だったのか、重撃を放つことなく、勢いと質量のまま壁面へ突っ込む。

「うぐっ!?」

かくいう俺も、度重なる身体への負荷が激しい痛みとなり、着地もままならず床を転がる。

（倒れるな……倒れるな……！）

切っ先を杖代わりに立ち上がると、想定以上の影響が肉体に現れているのを自覚。

（……この、反動。そう何発も打てるとは、思えない）

無論、体が砕けても奴が倒れるまで諦めるつもりはない。

が、現実問題、力を使い果たして身動きが取れなくなる可能性は無視できない。


「……あと、三発だ」

無為に長引かせるな。勝負手を絞り、そこに全身全霊を込めろ。

「ォォオオオオオアア！！」

響き渡る咆哮に振り向くと。

壁面の瓦礫に埋もれ、舞い上がる砂埃の中、凶暴性を露わにした眼光と視線がぶつかる。

「――覚悟を決めろ」

自分自身に暗示をかけるように呟く。

「ワルイガァァァアアァァア！！」

理性を切り離したような咆哮と共に、奴が埋もれた壁面は爆散し、瓦礫を辺りに散らす。

己が質量を示すように床を砕きながら着地すると。

『地走り《じばし》』

「……？　なにを――」

互いの間合いの外から、剣を振り床を抉るように、『重撃』を放つと。

「なっ⁉」

床をめくりながら、目には見えない重撃同等の圧が、轟音を上げこちらに向かってくる。

一瞬の虚を突かれ遅れる回避行動。ガントレットを装備した左腕が射線上に取り残され。

「ぐあっ⁉」

ほんの少し掠めただけで、鋼鉄のガントレットが半壊した。

「こんな高威力の遠距離攻撃まで……っ！」

生身のどこかに食らえば、間違いなく行動不能になる。

（唯火をこいつの射線上に入れるわけにはいかない）

「ヌゥン！」

唯火への射線を切るためと、間合いを詰めるため、俺が駆け出すと同時に。

（……二撃！）

一度に二発の『地走り』を放つ。

「だったら！」

速力を十分につけ、駆ける足を床から離し壁面を疾走する。

（壁伝いに回避しながら、斬りこむ！）

だが、放たれたソレは予想外の動きを見せる。

まるで追尾するかのように、壁にぶつかるとそのまま壁面を抉りながら走り出した。

（壁も登るのかよ！）

二撃中、一撃目は後方に外れたが、二撃目は進行方向ドンピシャに迫っていた。

（かといって今、速度を緩めて宙に浮いた状態になれば、その一瞬を狙い撃ちにされる……）

奴がそんな機を見逃すわけがない。

（だったら……）

天井付近の高さにまで達すると、その先の『地走り』との衝突地点にさらに速度を上げ突っ込んでいく。

（サア。足ヲ止メルカ、我ガ攻撃ヲミマウカ。ドチラニセヨ、ソノ直後ニ追撃ヲ叩キ込ンデ――）

コンマ数秒、『地走り』が到達するよりも速くその位置に到達。


『立体走行』

『体術』

『洞察眼』

『弱点直勘』

『近距離剣術』

《『瞬動必斬《オキザリノタチ》・空ノ式《くうのしき》』》

壁を蹴り弾丸のように宙に飛び出すと、背後では遅れて『地走り』が天井に衝突し、轟音と衝撃波に背を押され、さらに加速。

「！　消エタ――――」

経験したことのない速度の中。

景色は瞬きのような一瞬で変わるも、何とかヤツの脇腹をすり抜けざまに深く切り裂く。

（浅い。限界を超えた加速で、狙いがずれたか……）

だが、攻守をひっくり返し確実にダメージを与えた。

このまま押し切――――。


「ぐっぁ!?」


想定を超えた速度で切り抜けたからだろう。一際デカい負荷が、骨を軋ませ、傷を開く――――だが。

（怯《ひる》……むな！）

ここで間を空ければ、膝を折れば。それはすなわち敗北だ。

これまでの死闘の経験が、機はここしかないと告げている。

「っぅぉおおあああ！」

「グオオ！」

致命傷に近いいくつもの斬撃を浴びながら、先に動いたのはゴレイド。

切り抜けた俺に対し、振り向きざまに剣を振り下ろす。

（遅い……！　この剣撃なら――）

蓄積したダメージが枷になっているのか、その攻撃には今までのキレも圧もなく。

「ぁぁあああぁっ！」

『洞察眼』と『近距離剣術』、個々の力のみで刃を受け流し床を砕く。

（叩き込め！　即座に！）


『平面走行』

『洞察眼』

『弱点直勘』

『弱点特攻』

『体術』

《【拳王《けんおう》】スキル：『崩拳《ほうけん》』》

鋼鉄の拳をがら空きの鳩尾《みぞおち》に深く沈ませ。

「っっだぁっ！」

振り抜き、巨体を殴り飛ばすと、磔《はりつけ》のように壁を砕きながらめり込む。

「グ……ガハァッ！」

「――っ！」

ガントレットを装備しているとはいえ、剣撃と違い、直に体の芯へ負荷が押し寄せる。

肉体が弾けてしまいそうな衝撃に歯を食いしばり耐えながら。

「あと……一発……っ！」

恐らく、渾身で放てる最後の三発目。

「――くらえ！」

最後の『瞬動必斬《オキザリノタチ》』を右切り上げに放つ。一瞬で奴との距離をゼロにし、刃先は体に突き立てられ、
あとは振り切るのみ。

――そのはずなのに、

「なっ⁉」

手に伝わるのは、肉を切り裂く手応え。だけでなく。鋼同士が衝突し合う鈍い衝撃。

（こいつ、肉を切らせる覚悟で……！）

間に剣を突き立て、自らの肉体を囮《おとり》にして剣撃を止めた。

「……トラ、エタゾ」

「がっ……！」

分厚い手に首を掴まれ、剣をゴレイドの体に残したまま捻り上げられる。

「ヤハリ、貴様ハ大シタ人間ダ……満チ足リタ時ダッタ。礼ヲ言ウゾ、ワルイガ」

「……ぅ」

ギリギリと、呼吸を遮り首を折ろうと締めあげてくる、武骨な手。

「が……ぁ」

酸素が失われる苦しみと、骨が軋むほどの握力に耐えながら。

半壊したガントレットでその手を掴む。

「……サラバダ。好敵手、ワルイガ＝ナナシ」


——次の瞬間。


ガントレットの手甲部分は展開し、柄が飛び出す。

(——ありがとう、皆)

スロット装備。いざという時の、保険の隠し武器。

「……ッ！」

俺はそれを掴み取り抜き放つと、剥き出しになった刃を、驚きに見開かれた眼球へと突き立てた。

「グゥゥ!?」

首への圧力が弱まると、膝で蹴り上げながら拘束を抜け出し。

「すぅーーーはぁーー……」

失われた酸素を取り戻しながら、ゴレイドの体に残した剣を払いつつ引き抜き。

必殺の間合いを取る。

余力のない、限界を超えた一撃。


「ワルイガ……ナナシィィィイイ！！」

「これで、最後だぁぁぁあああ！！」

風を切り唸るような音を上げながら迫り来る拳。

「――っ」

躱さず前へ前へと踏み込み、ひたすら速度を高め。

達したその超速は、俺の顔面を砕く未来を置き去りにし。


「ぅおオおォオおおあアァぁあああああ！」


渾身の斬撃と共に、交錯する。

「――はぁっ！　はぁっ！」

正真正銘限界を超え、技の反動で血反吐《ちへど》を吐き、途方もない疲労感に膝が折れる。

剣を握り込む力も、闘志も全て吐き出してしまい、手の中から剣が零れ落ちた。

「……もう、空っぽだ」

遅れて。全霊による剣撃の余波が、壁面に大きな裂傷として現れる。

「はっ……はっ……」

駆け抜けた死闘を見届けるため、肩越しにダンジョンの主、ゴブリンキング《ゴレイド》を振り返ると――。

「……見事ダ……ニンゲン」

その背中は滑るように斜めに分断され、崩れ落ち、消滅を始めた――。

◇◇◇

(なにが……起きているの……?)

私は今、信じられない光景を目《ま》の当たりにしている。

今。

ダンジョンの主、ゴブリンキングを追い詰め。目にも映らぬ高次元の戦闘を繰り広げているのは、
世界の改変と共に眠りにつき、数週間ほど前まで、レベル1だった青年。

その動きは視覚の認識を置き去り、目に映るのは閃く剣閃と、咲き乱れるような鮮血だけ。

縦横無尽に振るわれるその剣は、ゴブリンの『王』と対等以上に斬り結び。

階層を破壊してしまうかと思われるほど、戦いは苛烈さを増す。

人知を超えた命の凌《しの》ぎ合いが、そこには生じていた。


（ナナシさん……）

ダンジョンに入って直《す》ぐの、二階層でのことを思い出す。

不利的状況を、その実力に見合わぬ戦いぶりで、向かってくる敵を斬り伏せる彼の姿を見て抱いた感情。

（今なら、はっきりとわかる）

畏怖。

底も、上限も、何一つ窺い知れない、計り知れないモノへの恐怖。

（ナナシさん、あなたは一体……）

今まで、何かが変わってしまう気がして、仕舞ってきた疑念。

（何者、なんですか……？）

決着の剣を振り抜き、異形の生物、ゴブリンの『王』をもってして、見事と言わせしめた彼の背中に。

きっと届くことはない、問いを投げかけた。

◇◇◇

分断された巨体の上半身と下半身は、鈍い音を立てて床に崩れ落ちる。

地に落ちてなお、その眼光は凶暴さを失うことなく俺を捉え。

見覚えのあるその散り際に、口をついて出た言葉は。

「――――強かったよ……ゴレイド」

「……」

牙が覗く口の端が、僅かに吊り上げられたその表情に、どんな感情が含まれていたのか。

「……今度はもう、おとなしく眠っていてくれ」

その全てが散り散りとなって大気へと溶けた今、それはゴレイド《あいつ》にしか知り得ない。

◇◇◇

《小鬼迷宮《ゴブリンダンジョン》の主。『ゴブリンキング』の討伐、及び率いる『大群』の討伐を確認。ダンジョンを制圧しました。転移陣が出現します》

《特定討伐ボーナス。『大群』討伐時の経験値の1・5倍がパーティー全員に分配されます》

《特定討伐ボーナス。『ゴブリンキング』にとどめを刺した者に、該当モンスターの【固有スキル】が与えられます……エラー発生。獲得者を再検索……同パーティー、篝《かがり》唯火《ゆいか》に与えられます》

《特定討伐ボーナス。『ゴブリンキング』にとどめを刺した者に、称号『小鬼殺し』が与えられます》

《二名以下のパーティーでの攻略を確認。特定討伐ボーナス。隠し部屋《シークレットルーム》、出現》

《ダンジョン発生から一週間以内の攻略を確認。特定討伐ボーナス。該当戦闘時のスキル熟練度4・0倍がパーティー全体に与えられます》

二度目となる、同じ強敵の散り様の感傷もそこそこに、天の声は続々と告げる。

《経験値を取得。ワルイガ＝ナナシのレベルが43↓48に上昇しました》
《経験値を取得。ワルイガ＝ナナシのレベルが48↓61に上昇しました》

《熟練度が規定値を超えました》
《平面走行 LV.10 → LV.10（MAX）》
《立体走行 LV.10 → LV.10（MAX）》
《走破製図 LV.5 → LV.7》
《洞察眼 LV.10 → LV.10（MAX）》
《読心術 LV.7 → LV.8》
《精神耐性 LV.10 → LV.10（MAX）》
《目利き LV.7 → LV.8》
《弱点直勘 LV.10 → LV.10（MAX）》
《弱点特攻 LV.10 → LV.10（MAX）》
《ドロップ率上昇 LV.5 → LV.6》
《近距離剣術 LV.10 → LV.10（MAX）》
《体術 LV.10 → LV.10（MAX）》
《直感反応 LV.10 → LV.10（MAX）》

《武具投擲LV.8→LV.8》
《索敵LV.5→LV.8》
《隠密LV.3→LV.5》
《五感強化LV.5→LV.8》
《超過した熟練度はクラスアップ時に持ち越されます――》

……。

「……終わった、のか?」


限界を超え酷使した身体を襲う脱力感。安静にしても引くことはない鈍い痛み。

それらが阻害しているのか、勝利の実感、ダンジョン攻略を成した。という達成感、実感が湧いてこない。今、強烈に実感しているのは――。

「マジで、限界……」

比喩でもなく、手足を動かす力も残っていない体を床へ投げ出し大の字になり、重い瞼を閉じかけると。

「……ナナシさん」

「唯、火。もう、動けるのか？」

気づけば傍らに、『MP切れ《マインドダウン》』で動けないはずの唯火の姿が。

「はい。と言っても、這いずるようになんとか、ですけど」

俺の体もボロボロだが、見ると彼女の身なりも随分と汚れていた。

冗談抜きに、這いずって、ここまで来てくれたのだろう。

「勝ち、ましたね」

「――ああ。お互い、死にかけたけどな」


――ふと。

頭が持ち上げられ、後頭部には床の固い感触ではない、程よい弾力を含む柔らかいものが触れた。

「……唯火？」

「おつかれさまです。ってことで」

どうやら太ももを枕として貸し出してくれているらしい。

床より余程心地よくてありがたいが……言い出しっぺに赤い顔をされると、流石にこちらとしても気恥ずかしい。

「……そっちも疲れてるだろ。恥ずかしいなら無理しなくても――」

「み、見ちゃダメです……」

視線に気付いたようで、両の手の平で目隠しされてしまう。

「……おつかれさまです。ナナシさん」

視界を遮られ、眠気もあり瞼を閉じていると、唯火の穏やかな声が聞こえてくる。

この状態は、思いのほか心地がよい。

「……これで、モンスターの地上進出を、止められましたね」

「――ああ」

そうだ。ゴレイドとの戦闘中は、生き残るのに必死で本来の目的を忘れていた。

ダンジョンの制圧が成った今、地上の皆はもう……少なくとも、ダンジョンの脅威に晒されることはないんだ。

「そう……そうだ」

窮地を救ってくれた、半壊状態のガントレットに目を移す。

あの怪物に勝てたのは、地上の皆の力もあったから。

「全部、守れた」

遅れて、ようやくこみ上げるものがある。

ゴレイドとの戦闘の最中、俺の胸中には死への恐怖と同時に、戦いの高揚感、奴が言うところの滾《たぎ》りを感じていた。

その生と死、隣り合わせの極限のひと時が幕を閉じ、わずかな喪失感を抱いていた。

でも、その先にも得難いものはあったんだ。

そう思うと、全身を包む疲労感も、体を軋ませる痛みも、どこか誇らしく思えてきた。

「はい。公園の皆さんも……私も、ナナシさんに救われました。ナナシさんの完全勝利です」

そう言う彼女を見上げ、疲労感でほぼ感覚を失った震える拳を、なんとか掲げるように持っていく。

「俺たちの、だろ」

言葉を長々と紡ぐのも気だるい、というのもあるが。彼女には、きっとこの一言で全部伝わるだろう。

「……っ」

重たい瞼を鼓舞して唯火の顔に視線を向けると、変わらず頬に赤みが差していて、大きな瞳を僅かに見開き、ややあって。

「――はい！」

互いの拳を合わせ、しばし勝利の余韻に浸るのだった――。

◇◇◇

「もういいんですか？　まだ休んでいたほうがいいんじゃ……」

「いや、もう大丈夫だ。歩くぐらいはできる」

ゴレイドとの死闘を制し。ダンジョンを制圧した俺たちは、文字通り互いに一歩も動けない有り様。

とにもかくにも休息が必要だった。レベルアップでは体力もＭＰも回復しないのだ。


『ナナシさんのほうがボロボロなので、このまま太ももをお貸しします』


ＭＰが戻っていない彼女は、自分のことよりも、俺にそのまま眠れと提案してきた。

申し訳ないとは思ったが、疲労感と、極上の寝心地には逆らえず。

議論する間もなく、唯火に見守られる中、俺の意識は眠りに落ちた。


そして目が覚め今に至る。

体感、二時間の睡眠といったところだろう。立ち上がり歩けるくらいには回復していた。

睡眠、大事。

この自分でも驚くほどの回復力というか、生命力というか。これは、レベルアップによるステータスの大幅な上昇の恩恵だろうか。

「ありがとな。おかげで少しマシになった」

「いえ。私も少し眠れましたし、動けます」

「確かに、眠れていたみたいだったな」

目が覚め、唯火の無防備な寝顔が目の前にあった時は、さすがに俺も胸の鼓動に変化を感じた。おかげで即座に目は覚めたが。

「わ、私の寝顔見たのは……忘れてください……」

確かに、公園の住処で寝起きの顔がどうとか言ってたくらいだ。無防備な寝顔なら尚更だろう。

「そうだな。善処するよ」

しばらくはムリそうだが。

「――さて、と」

ダンジョンを制圧した今、ゴレイドに突き立てた武器を回収して、あとは転移陣で地上に帰るのみ。

(ダンジョンに入る前、急ピッチでガントレットと一緒に拵《こしら》えてもらったあのナイフがなければ……)

間違いなく俺は死体として、ここに転がっていたことだろう。

「帰ったら、ちゃんと感謝しないとな」

倦怠感の残る膝を鼓舞するように叩き、立ち上がる。ナイフのもとまで行き回収。

「――と、これ。『魔石』だよな？」

ナイフを回収する前から気付いていた、というか気付かざるを得ない。

「そう、ですね……こんなに大きいものは私も初めて見ました」

拳大以上のサイズ、異様な存在感。間違いなくゴレイドからドロップされたものだろう。

モンスターとしての格、強さで、魔石の大小や質が変動するということか。

並のゴブリンのものとは比べ物にならない大きさだ。

……俗っぽい話、さすがにこれだけ巨大なものだとその秘めた価値に気後れしてしまう。

あの粒みたいなゴブリンの魔石でウン十万らしいし。

(……そう考えると、唯火の大群を殲滅した技。めちゃくちゃ大盤振る舞いだよな)

元から持っていた、ピンポン玉くらいの魔石以外、手元に戻っている様子もないし。それに見合う結果はついてきたわけだが。

「どうしたんですか?」

「……唯火、この魔石いるか?」

そう提案すると、わたわたと手と首を振り、概《おおむ》ね想像通りの反応を見せてくれる。

「けけけっけ、結構です！　ナナシさんが持っててください！　そんな大きな魔石、いったいどれほどの……考えるだけで動悸が……」

うむ。丁寧な言葉遣いから、なんとなく育ちの良さを感じるが、こういう庶民派なリアクションはホッとする。

「というか、『魔力』持ちの私は触れないほうが良いと思うので」

「だよなぁ……」

ジェネラルの魔石の時は不用意に唯火に渡して、今に至るわけだ。この謎めいた仕様ばかりの世界のことだ。魔力が発現した彼女が魔石に触れた瞬間、新たな敵が出てくるとか容赦のないことをしかねない。

かといって、この場に置いていくのも、見えないところで想定外の何かが起きそうで怖い。

公園の皆の生活圏にそんな危険なものを置いておけない。まぁ、ここは地下だが。

「とりあえず俺が持っているしかないよな」

持ってきたバックパックは、激しい戦闘のさなか、もはやどこに行ってしまったかもわからないので剥き出しのまま持って帰ることにした。

「――よし。帰るか」

「はい。きっとあの扉が転移陣のある部屋のはずです」

恐らく、この最下層に入ってきた時は存在しなかっただろう扉の前に立つ。

天の声が響いたタイミングで発生したんだろう。


……天の声と言えば。


「そういえばさっき、『隠し部屋《シークレットルーム》』とかなんとか言ってなかったか？」

「あー……そう言えば言っていましたね」

唯火が聞いた天の声も、同じ内容を話していたようだ。

「……まさか、この扉がそうじゃないよな？」

「……ないとも言いきれませんね。隠れてないですけど」

だとしたら正直勘弁してほしい。ゲームとかだと、そういうのって強い敵とか中に居たりするものだろう。もう今の状態では、ゴブリン一体たりとも戦いたくないってのに。

「でも、この扉以外、道はなさそうですよね……」

唯火の言う通り、辺りを見回してみても他にそれらしきものは見当たらない。

「ま、行くしかないな」

『王』は倒した。このままここで、完全回復まで待っているわけにもいかない。

意を決し、二人で扉を押し開けると。

《隠し部屋《シークレットルーム》への入室を確認。入室者の思念から報酬を選択》

「……だから隠れてないだろ」

まぁ、条件を満たしたから出現したってことで、それまでは隠れてたってことか。

《ダンジョン攻略パーティーに『伝心《でんしん》の指輪《ゆびわ》』が与えられます》

「お？」

天の声が言い終えると目の前の宙に、一つの指輪が現れる。

「これは……指輪か」

「みたいですね……」

見ると、唯火の前にも同じものが現れたようだ。

「――ナナシさん。『目利き』で鑑定してもらっていいですか？」

「え？」

「え？」

『目利き』で……あ。

「え。できるのか？　物に対して」

「私の知識では、できると記憶してますけど……」

（か、考えもしなかった）

いや、『目利き』って名称を考えれば対物の方がしっくりくるか。

魔物使いとの戦いの前に【鑑定士】を獲得した時は、自身の戦う力を分析することに集中していたから、初めて『目利き』が発動した時は自分自身のステータスを暴いた。

（それに引っ張られて、今まで生物に対してしか使っていなかったな……）

我ながら頭が固い。発想力の乏しさに嘆きながら報酬である指輪に『目利き』を発動。

すると――。

《『伝心の指輪』：地上、ダンジョン内。あらゆる空間、距離を問わず所持者間での念話が可能。ただし、効力は魔力に依存する》

「ふむ……スマホでよくないか？」

これだけ小型なのは便利かもしれないが、文明の利器で十分というか……。

まぁ、事故でスマホも壊れ、かつての名前も消えたことで契約やらなにやら面倒だから、俺は持っていないけど。

「いえ、ナナシさん。これはすごいアイテムですよ」

指輪を手に取り興味深げに眺める唯火。

「そうなのか？」

「はい。世界が変わってからどういうわけか、世界中で通信機器が使用できる地域が限定されているらしいんです。なので、今やどこでも電話ひとつで繋がれるわけではありません。そしてダンジョン内に至っては、そういった類《たぐい》のものは一切使用不可になります」

そうだったのか。となると確かに、伝心《こいつ》の指輪は便利だな。けど――。

「ナナシさん、なにか聞こえますか？」

「……いや、なにも」

互いに指輪を装着して、魔力が発現している唯火に試してもらったが反応はなし。

「宝の持ち腐れだな、コレ」

指輪を引っこ抜く。

「あ。は、外しちゃうんですか？」

「ん？　ああ、着けていても使えないしな」

せっかくの死闘の報酬だけど、使えないのなら仕方ない。そう思ってポケットに仕舞おうとするが。

「あ、着けてたほうが、いいんじゃないですか？　ナナシさんも、いつ魔力が発現するかわからないですし。あとこんな貴重なもの、ポケットに入れてたりしたら失くしちゃいますよ。あとデザインも結構オシャレです」

「そ、そうか？　まぁ、小さいから、入れておくとそのうち失くすかもだな」

随分と早口で勧められる。勢いに押されるまま、結局装備しておくことにした。

「――さて。これでもう、このダンジョンには用はないよな？」

「そうですね。今度こそ帰りましょう……地上へ」

頂くものを頂き終えると。隠し部屋の奥にある扉へと進み。

その先にあった転移陣で、俺たち二人は、地上への生還を果たした――。

《了》

あとがき

この本を手に取ってくださり、誠にありがとございます。

どうもはじめまして。『ナナシの器用貧乏』著者、高球ともうします。

重ね重ねになりますが、お手に取り、ここまで読んでくださいました方も、このあとがきから読んでくださいました方も、誠にありがとうございます。

そして、お世話いただきました担当者さま、関係者皆々さま。

素晴らしいイラストで本作を彩るのに尽力していただいた、イラストレーター KeG さま。

各位さまのおかげで、無事、本書籍が刊行にまで至りました。ありがとうございます。

『ナナシの器用貧乏』は著者のちょっとした気まぐれで、小説投稿サイト、小説家になろうに別名の作品を投稿したことから始まりました。

始めたきっかけは本当に気まぐれで。先人の作家さま方の作品を読ませていただいて。

『活字でこんなアニメ見てるみたいな表現できるんだ！』

と、興奮したテンションのまま自分で書いたものを投稿し、誰かに見てもらいたいという欲求のまま続けてきました。その中で、多様なお声をいただき、それに作者として一人一人答えていく読者の皆様との刹那的な交流は、私にとってとても楽しく貴重な経験です。

作品名は変わりましたが、もし。WEB 版からこのあとがきと本編を読んでくださっている方がいらっしゃいましたら、改めてこの場をお借りしてお礼申し上げます。ありがとうございます。

本作が私にとってのデビュー作で、右も左も分からないまま、担当編集者さま、イラストレーターのKeGさまとやり取りを重ね、お手元の通りの装本となりました。

その中でも印象深い点を取り上げますと……一つは、この巻で紅一点のヒロインのデザインを決めるのに、やや難航した思い出があります。その要因として、私の情報を通達する技法の未熟さがあったと感じており、同時に、その過程をとても楽しく思ったところです。

そんなこんなを経て、作中に散りばめられた挿絵は、格好良さ、可愛さ、シリアス、ほのぼの、コミカル。多様なシーンを表現豊かに緩急良く表現されています。是非、KeGさまの素晴らしい挿絵だけでも、何度でも見返していただきたいです。

もう一つだけ取り上げると、既存のWEB版からの見直しでしょうか。いかに読者の皆様に向けての売り物にしていくかという点。個人的には中々な加筆を加えていると思っていますが。もし、今後の展開があると見据えた時、もっと大掛かりな見直しを加える必要があると。その方がより良い物語、作品が出来上がると思っている次第です。

長くなりましたが、最後に、やはり感謝になります。

未熟な私と共に、本作刊行の為、尽力してくださった担当編集者さま。出版関係者の各位さま。素晴らしいイラストの数々を提供してくださった、KeGさま。WEB版を追ってくださった皆様。そして、この本をお手に取ってくださったあなた様に。本当に、ありがとうございます。

高球

ナナシの器用貧乏 1

発　行
2024 年 11 月 15 日　初版発行

著　者
高球

発行人
山崎　篤

発行・発売
株式会社一二三書房
〒101-0003　東京都千代田区一ツ橋 2-4-3 光文恒産ビル
03-3265-1881

印　刷
中央精版印刷株式会社

作品の感想、ファンレターをお待ちしております。

〒101-0003　東京都千代田区一ツ橋 2-4-3 光文恒産ビル
株式会社一二三書房
高球 先生／ KeG 先生

Printed in Japan, ISBN 978-4-8242-0331-1 C0093
※本書は小説投稿サイト「小説家になろう」（https://syosetu.com/）に
掲載された作品を加筆修正し書籍化したものです。